세계를 건너
너에게 갈게

이꽃님 장편소설

문학동네

차 례

01

나에게

아빠가 쓰라고 해서 쓰는 거야.

느리게 가는 우체통이 어쩌고저쩌고하면서 며칠 전부터 난리를 치더니, 결국 오늘 출발을 하자고 하더라고. 토요일을 아빠랑 보내야 한다는 것만으로 충분히 기분 나쁜데, 꼭두새벽에 그것도 버스를 타고 여기까지 오다니. 내가 짜증이 안 나게 생겼냐고. 운전도 못하면서 이 먼 곳까지 왜 오자고 하는 건지 이해가 안 돼.

사람이 안 하던 짓을 하면 죽을 때가 된 거라는데 아빤 아닌 것 같아. 그렇게 기다리고 기다리던 결혼을 코앞에 두고 그럴 리가 있겠어?

거기다 뜬금없이 편지는 또 뭐냐고. 대뜸 편지지랑 봉투 쥐여주더니 이젠 테이블까지 따로 떨어져 앉아서 쓰라잖아. 내가 미쳐 진짜.

이렇게 분위기 쩌는 바닷가 카페에서 편지나 쓰고 앉아 있다니. 지금 나한테 필요한 건 맛없는 고구마라테랑 편지지가 아니라 겁나 성능 좋은 카메라라고. 여길 찍어 놔야 하는데, 폰이 후져서 사진까지 후지게 나오잖아.

아니 근데 아빤 정말 내가 1년 뒤 나에게 편질 쓰는 게 대단한 일이라고 생각하는 건가? 진짜 어이가 없네. 이깟 편지 좀 쓴다고 뭐가 바뀌겠냐고. 혹시라도 1년 뒤에 이 편지를 다시 읽게 됐을 때, 지금 기분이 어땠는지 잊었을까 봐 말해 두는데, 난 나한테 편지 쓰는 일이 세상에서 제일 멍청한 일이라고 생각하고 있어. 어쩔 수 없이 뭔가를 써야 하니까 쓰는 거라고. 아 팔 아파 죽겠네. ㅠㅠ

우웩.

방금 아빠가 건너편 테이블에서 손을 흔들었어. '손'을 흔들었다고! 대체 왜 저러는 거지? 뭘 잘못 먹었나? 완전 개당황. 카톡이라도 보낼까?

'아는 척하지 말 것!'

아니지. 이렇게 보냈다가 무슨 말을 들으려고.

'편지 쓰느라 매우 바쁨! 제발 방해하지 말 것!'

이 정도면 아빠도 무슨 뜻인지 알아듣겠지?

요즘 아빠는 행복해 죽겠다는 표정을 하고 있어. 왜 아니겠어? '그 여자'한테 빠져서는 반쯤 미친 사람처럼 웃고 다니는데. 아니,

마흔네 살이면 새 인생을 살기에 너무 늦지 않았나? 그냥 지금처럼 살면 그만이지, 무슨 결혼을 하겠다고. 내가 스무 살이 될 때까지 기다렸다가 결혼하라고 아무리 말해도 1도 안 통해. 그땐 너무 늦다나, 내 나이야말로 엄마가 꼭 필요한 나이라나 뭐라나. 15년을 엄마 없이 살았는데, 뜬금없이 웬 엄마? 빨리 결혼하고 싶으니까 괜히 내 핑계 대는 거지.

이럴 땐 진짜 엄마가 원망스럽다. 하긴 이런 말 하는 것도 웃기는 거지. 내가 뭐 엄마에 대해 아는 게 눈곱만큼이라도 있어야 원망을 하든 말든 하지. 아니, 그렇게 엄마에 대해 물어봐도 입도 뻥긋 안 해 주더니 이제 와서 엄마가 필요하다는 건 무슨 개소리냐고.

요즘 아빠 보면 진짜 가식 쩌는 것 같아. 언제부터 우리가 새해 기념 여행을 다녔다고. 웬 다정한 아빠 코스프레? 그 여자가 딸이랑 잘 지내는 남편을 원하는 모양이지?

하. 진짜 생각도 하기 싫다. 사람을 깔보는 그 눈빛하며 아빠 있을 때만 짓는 억지웃음은 어떻고. 완전 사이코패스가 따로 없구만. 그런 여자가 새엄마라니.

기분 엿 같다. 사람들이 왜 짜증 날 때 엿 같다고 하는지 이제 알겠네. 엿을 꽉 쥐었다 놓으면 손에 끈적끈적한 게 남잖아. 그걸 그대로 두면 더러운 먼지들이 손에 척척 달라붙지. 휴지로 닦아도 소용없어. 비누로 싹싹 씻어 내지 않고서는 절대 끈적함이 사라지지 않으니까. 지금 기분이 딱 그래. 비누로 마음을 싹 씻어 내고 싶어.

문제는 나한테 끈적한 엿을 한 손 가득 쥐여 준 아빠는 이 사실을 전혀 모른다는 거지. 혼자 달콤한 엿을 쪽쪽 빨아 대고 있으니까. 그래, 지금 아빠는 아주 달콤하겠지. 그래서 아메리카노만 마시던 사람이 캐러멜마키아토를 시킨 모양이지?

다시 이 편지를 받을 때쯤에는 모든 게 바뀌어 있을 거야. 그 여자가 아빠와 나 사이에 독버섯처럼 박혀 있을 테니까. 그사이 그 여자가 어떻게 변할지 모르겠어. 그래도 절대로 속으면 안 돼. 넌 그 여자를 싫어해! 혹시라도 아빠를 홀렸던 그 수상한 행동으로 엄마 노릇을 한다고 해도 절대 받아 주지 마.

넌 그냥 묵묵히 원래 계획했던 일들을 하면 돼. 1년 동안 꾹 참다가 이 편지를 받는 그 순간에 휴대폰을 책상 위에 내려놓고, 짐 가방을 챙겨 유유히 떠나면 되는 거야.

1년 뒤에도 이 생각이 변함없길 바라.

2016년 1월 2일

1년 뒤 나에게, 1년 전 내가

02

~~이상한~~ 언니에게

안녕하세요, 언니?

언니가 언니에게 보낸 편지가 우리 집으로 왔습니다. 엄마는 다른 사람의 편지를 함부로 읽으면 안 된다고 했지만, 저는 정말로 저한테 온 편지인 줄 알았단 말이에요.

언니가 편지에 쓴 것처럼 봉투에도 '나에게'라고 썼으면 착각하는 일은 없었을 것입니다. 하지만 언니가 봉투에 '은유에게'라고 쓰는 바람에 착각하고 말았습니다. 제 이름도 은유거든요. 편지를 다 읽자마자 어머니께 언니 편지를 보여 줬습니다. 언니는 자기 편지를 다른 사람한테 보여 줬다고 화낼지도 모르지만 어쩔 수 없었습니다. 언니 편지는 진짜 이상하단 말이에요.

저희 엄마가 그러시는데 언니는 정신이 이상한 사람일지도 모른대요. ~~어쩌면 간첩일지도 모른다고~~ 편지 내용을 보면 이상한 단어들이 엄청 많은데 그게 증거라고 했습니다.

엄마 말로는 딸이 아빠를 욕하는 편지를 쓸 수는 없대요. 거

기다가 가출까지 생각하고 있는 걸 보면 제정신이 아닌 게 분명하대요.

그리고 저희 염마 어머니가 그러는데 자기 부모님 욕을 하는 건 누워서 침 뱉는 거랑 똑같은 거래요. 누워서 침을 퉤, 뱉으면 그 침이 자기 얼굴에 떨어지잖아요.

언니에게만 말하는 건데, 엄마 말을 듣고 진짜 그런가 싶어서 누워서 침을 뱉어 봤습니다. 조금 옆으로 뱉으면 다른 데 떨어질 줄 알았는데 진짜 얼굴에 떨어져서 깜짝 놀랐습니다. 침이 얼굴에 떨어지니까 기분이 진짜 안 좋았습니다. 언니 말처럼 엿 같았습니다.

염마 어머니 말로는 이 세상에 느리게 가는 우체통 같은 건 없댔습니다. 1년 뒤에 도착하는 편지는 더더욱 없대요. 다들 빨리 편지를 보내려고 하지 누가 느리게 보내고 싶어 하냐면서 말입니다. 제 생각에는 엄마 말이 맞는 것 같아요.

언니는 미친 사람인가요? 아니면 간첩인가요?

엄마는 언니가 미친 사람이라서 절대로 답장 같은 건 하면 안 된다고 했지만, 그래도 너무 걱정돼서 답장을 씁니다. 언니네 아빠가 새장가를 갈 거라고 했잖아요. 그러니 얼마나 마음이 아프겠어요? 혹시 마음이 너무 아프면 저를 찾아오셔요. 진하국민학교 3학년 1반에 와서 절 찾으면 돼요.

그리고 진짜 궁금해서 그러는데 카페가 무엇이에요? 캐러멜마키아토랑 아메리카노도 가르쳐 주세요. 혹시 간첩 암호 같은 거면 알려 주지 않아도 돼요. 경찰에 잡혀가긴 싫거든요.

아 참. 잊어버릴 뻔했는데 지금은 2016년이 아니라 1982년입니다. 언니가 날짜를 이상하게 쓴 게 엄마가 언니를 미쳤다고 정신이 나간 사람이라고 생각한 가장 큰 이유였습니다.

지금 저는 자는 척하면서 엄마 몰래 편지를 쓰고 있습니다. 친구들이 그랬는데 야간통행금지가 없어지고 나서 미친 사람들이 막 밤마다 동네를 돌아다닌다고 합니다. 그런데 그 사람들이 원래부터 미친 사람은 아니었대요. 경찰서에 끌려갔다가 고문당해서 미친 거라고 합니다. 밤마다 경찰들이 고문할 사람을 찾아다닌댔어요. 그래서 밤에 깨어 있으면 절대 안 된다고 했는데…….

언니가 미친 사람이 아니었으면 좋겠습니다. 언니는 나랑 이름이 똑같으니까요. 세상에 나랑 이름이 똑같은 사람이 미쳤다고 생각하면 마음이 아픕니다.

언니 힘내라고 내 소중한 오백 원을 같이 보냅니다. 이번에 새로 나온 오백 원 알지요? 언니도 보면 알겠지만 오백 원은 백 원이랑 십 원보다 훨씬 큽니다. 예쁜 학도 그려져 있습니다. 처음에 오백 원 받았을 때 얼마나 신기했는지 모릅니다. 이렇게 반짝거리는 큰 동전이 생길 줄은 상상도 못 했어요. 저희 아빠가 행운 동전이라고 특별히 저한테만 준 것입니다.

이 동전이 언니한테 행운을 가져다줬으면 좋겠습니다.

그럼 안녕히 계세요.

1982년 7월 6일

은유 올림

03

초딩에게

야, 너 누구야? 내 편지 어떻게 봤어?

편지가 잘못 배달됐느니 어쨌느니 하는 이상한 소리 집어치우고 솔직하게 불어. 내 편지는 그때 분명히 느리게 가는 우체통에 넣었어. 그 편지는 정확히 1년 뒤에나 배달된다고. 근데 네가 2주 만에 내 편지를 받았다고? 게다가 너희 집 주소와 우리 집 주소는 완벽하게 다른데? 네가 느리게 가는 우체통에서 어떻게 내 편지를 훔친 모양인데 절대 용서 안 해. 느리게 가는 우체통 회사에 전화해서 꼭 잡아낸다 내가.

남의 편지를 뜯어보는 것만으로도 범죄가 되는 걸 모르는 모양이지? 설마 초딩이라 몰랐어요, 뭐 그딴 걸 변명이라고 할 생각은 아니겠지? 편지 훔칠 시간에 한글 공부나 더 해. 글씨체하며, 맞춤법하며 안 봐도 수준 뻔하다.

네 편지가 거짓말이라는 증거가 한 백 개는 되거든? 1982년이라 새겨진 오백 원짜리 하나 보내면 내가 어이구 진짜 이게 과거에서 왔네, 아유 신기해라, 뭐 이럴 줄 알았냐?

지금 당장 내 동전 지갑만 털어도 그보다 훨씬 이전에 만들어진 동전도 찾을 수 있어. 진하국민학교 3학년이라고 했지? 내가 지금 당장 학교 홈페이지에 글 남길 거야. 너 딱 기다려.

04

다시 초딩에게

음……. 이게 무슨 일인지 모르겠지만 인터넷에 진하국민학교를 쳐 봤더니 진하초등학교라고 뜨더라.

국민학교라고 하기에 뭐 국립외국어학교나 그 비슷한 종류의 학교라고만 생각했지, 그게 옛날에 쓰던 그 '국민학교'일 거라고는 생각 못 했어. 하긴 이건 어디까지나 지어낼 수 있는 부분이니까. 학교 이름 하나 짓는 게 뭐 그리 어렵겠어?

근데 그냥 이렇게 넘어가기엔 좀 찝찝한 부분이 있더라고.

인터넷 찾아보니까 네가 편지에 쓴 것처럼 오백 원짜리 동전이 1982년에 처음 생겨났다더라. 1982년보다 더 오래된 오백 원짜리는 없다는 사실, 인정할게. 아까 동전 지갑에서 찾을 수 있다고 한 말은 취소.

느리게 가는 우체통 홈페이지에 들어가서 질문을 남겼는데, 초등학생은 물론이고 괴도 뤼팽이 와도 훔칠 수 없다는 답변을 받았어. 우체통 입구는 손가락 하나 들어갈 정도밖에 안 되고 자물쇠로 채워져 있는 데다가 정확히 1년 뒤에 보내기 위해 철저하게 관리되고 있다는 말까지 덧붙이더라고.

와, 진짜 당황스럽네.

정말 그런 거라면 내가 받은 편지는 다 뭐고, 넌 어떻게 내 편지를 읽을 수 있었다는 거야?

그러니까 느리게 가는 우체통에 넣은 내 편지가 1982년의 너한테 배달이 됐다는 거야? 네가 보낸 답장이 2016년의 나한테 온 거고?

야, 말이 되는 소릴 해라.

도대체 누구야? 누군데 나한테 이런 장난 치는 거야?

아무리 생각해 봐도 이건 앞뒤가 안 맞아. 나는 이 거지 같은 장난에 맞장구쳐 줄 생각 하나도 없다고.

P.S. 이딴 장난 하나도 안 웃기거든? 누군지 모르지만 이제 장난 그만 쳐.

05

언니에게

안녕하세요?

방학 숙제로 곤충채집을 하다가 언니 편지를 받고 얼마나 깜짝 놀랐는지 모릅니다. 제가 얼마나 소리를 질렀는지 채집통에 있던 매미도 깜짝 놀라 울음을 터트렸어요. 왜 아니겠어요? 옛날 옛날에 쓴 편지에 답장이 왔는걸요. 그동안 저는 언니를 까맣게 잊고 살았습니다.

그때 언니한테 편지 보내고 얼마나 후회했는지 모릅니다. 모르는 사람한테 오백 원 줬다고 엄마한테 얼마나 야단을 맞았는지 아세요? 그 동전 다시 돌려주면 좋겠습니다. 세상에 어린애가 돈을 준다고 그냥 꿀꺽 삼키는 사람이 어디 있어요?

그때 편지 쓰고 나서 거의 한 달 내내 밤마다 빌고 또 빌었습니다. 언니한테 답장 오게 해 달라고요. 근데 2년 가까이 입 싹 닦고 모른 척하다가, 어떻게 이제야 답장을 보낼 수 있어요? 그것도 모자라서 날 편지 도둑 취급까지 하다니요.

이런 말 하면 언니가 내 동전을 돌려주지 않을지도 모르지만 그래도 할 말은 해야겠습니다.

언니는 아직까지 미쳐 있는 건가요? 인터넷은 뭐고, 초등학교는 또 무엇인가요? 느리게 가는 우체통 소리는 이제 듣기도 싫어요.

제 말 잘 들어 보세요. 지금은 1984년입니다. 제발 정신 좀 차리세요. 어떻게 2년 전이나 지금이나 늘 2016년에 살고 있나요? 설마 100년 뒤에도 2016년에 산다고 하는 건 아니겠지요?

미안하지만 저는 처음 편지를 받았던 그때의 제가 아니에요. 그땐 순진해서 언니를 걱정했지만 이젠 아닙니다. 저도 벌써 국민학교 5학년입니다. 이게 진짜인지 가짜인지 정도는 금방 눈치 챌 수 있습니다.

혹시 유리 겔러 알아요? 숟가락 구부리고 염력으로 물건을 움직이는 초능력자 말입니다. 우리 반에도 자기가 유리 겔러처럼 초능력이 있다고 믿는 애들이 몇 명 있어요. 걔네들은 자기가 조금만 더 연습하면 물건을 움직이고, 순간이동을 할 수 있다고 생각합니다. 혹시 언니도 걔네들처럼 시간을 움직이는 초능력이 있다고 생각하는 건가요?

우리 선생님 말이, 유리 겔러는 사기꾼이라고 했습니다. 초능력은커녕 다 마술사들이 하는 눈속임으로 거짓말하는 거라고요.

언니도 나한테 마술 비슷한 걸 하려고 그러는 건가요? 그게 아니면 연탄가스를 너무 많이 마셔서 미친 건가요? 연탄가스 때문이라면, 물김치 국물 좀 마셔 보세요.

어쨌든 내 오백 원만 돌려주면 이 편지는 없던 일로 해 드릴게요. 엄마 아빠한테도 말 안 하고요.

1984년 8월 8일

제발 오백 원을 돌려주길 바라는 은유가

06

과거에 사는 아이에게

대박. 소름.

정말 과거에서 온 편지라고? 정말 너 1980년대에 사는 거야? 2016년이 아니라?

헐. 어떻게 나한테 이런 일이 벌어질 수 있는 거지……

라고 할 줄 알았냐? 지금 누구한테 사기를 치려고.

내가 이딴 수준 낮은 장난에 걸려들 것 같아? 너 걸리면 진짜 가만 안 둬.

07

다시 과거에 사는 아이에게

잠깐. 잠깐만.

이건 아닌 것 같아. 누가 장난을 친 거라고, 그냥 얻어걸린 거라고 아무리 생각해 봐도 말이 안 돼.

내가 이 상황을 차근차근 다시 정리해 봤거든.

첫 번째 가능성은 네 편지가 처음부터 잘못 배달된 편지라는 거야. 넌 애초에 내 편지를 받은 적이 없고, 네 편지는 내게 보낸 편지가 아니었던 거지. 하지만 네가 내 편지 내용을 다 알고 있다는 점에서 오류가 생겨. 넌 대체 어떤 방법으로 내 편지를 읽을 수 있었던 거지? 내가 그날 편지를 썼다는 걸 아는 사람은 아빠밖에 없단 말이야. 심지어 아빠도 편지 내용이 뭔지는 모르고.

두 번째는 네가 날 상대로 장난을 걸어왔다는 거야. 하지만 이건 두 가지 이유로 말이 안 돼. 아까도 말했지만 하나는 내가 나에게 보낸 편지 내용을 네가 알고 있다는 점이고, 다른 하나는 주소 때문이야.

너희 집 주소 말이야. 인터넷으로 확인해 보니까 그 주소는 이제 서울에 존재하지 않더라고. 옛날에는 그 동네 전부가 주택가였는데 재개발로 도로가 들어섰대. 그런데 내 편지가 어떻게 너한테 배달된 거냔 말이야.

고작 나 하나 속이자고 옛날 주소에, 오백 원짜리가 언제 생겨났는지, 옛날 맞춤법이 뭔지 다 알아내서 편지를 썼단 말이야?

왜? 날 속여서 네가 얻는 게 뭔데?

백번 양보해서, 진짜 말도 안 되지만 우주 질서가 갑자기 홱 돌아서 내 편지가 너한테 갔다고 치자. 그럼 넌 어떻게 나한테 편지를 보낸 건데? 넌 1980년대에 산다며?

좋아. 다시 생각해 보자. 너랑 나는 분명 편지를 주고받는 중이야. 그런데 너는 1980년대에 살고 있다고 주장하고 있고. 그 말은 즉, 둘 중 한 명이 거짓말을 하는 게 아니라면 우리에게 엄청난 일이 벌어지고 있다는 건데…….

지금 우리한테 과거와 미래를 넘나드는 시간 여행 같은…… 뭐 그런 일이 벌어지고 있다는 거야?

말도 안 돼.

맹세하는데 난 진지해. 거짓말이나 장난이 아니라고. 내 목숨을 걸 수 있어. 아니, 이번 생에서부터 다음 생까지 전부 다 몽땅 걸게. 내 정신은 아주 말짱해. 여긴 2016년이고 나는 여전히 열다섯 살이야.

너도 말해 봐. 너 진짜 맹세할 수 있어?

만약 네가 어떤 의도로 거짓말을 하고 있는 거라면 제발 이제 멈춰 줘.

지금 너무 손이 떨리고 흥분된 상태라서 조금 있다 다시 써야겠어.

머리를 아무리 식혀도 흥분이 안 가라앉네. 일단 내 편지 보는 대로 답장 좀 써 줄래? 그래야 내가 뭔가를 더 생각할 수 있을 것 같거든.

네가 달라던 이 오백 원은 혹시 모르니까 내가 가지고 있을게. 내가 오백 원을 그냥 가진다고 하면 날 사기꾼 취급할지도 모르니 난 결백하다는 증거로 천 원을 보내.

빠른 답장 부탁해.

2016년 2월 4일

머리가 터질 것 같은 은유가

08

끔찍한 언니에게

또 언니 편지야? 잊을 만하면 한 번씩 뭐 하는 짓인지 모르겠네. 대체 왜 이렇게 날 괴롭히는 거야?

내가 어떻게 언니한테 편지를 보내는 건지 모르겠다고 했지? 알려 줄 테니까 잘 봐.

먼저 편지를 써. 그다음 빨간 우체통에 넣으면 우체부 아저씨들이 언니네 집까지 편지를 배달해 주는 거야. 알겠어? 이건 국민학교에 다니지 않아도 아는 거라고.

날도 더워 죽겠는데 정신 나간 편지는 왜 자꾸 보내는 거야?

나보고 장난하지 말라고 하는데, 길 가는 사람 붙잡고 물어봐. 2016년에 살고 있다는 사람이 거짓말을 하는 건지, 1985년에 산다는 사람이 거짓말을 하는 건지. 그리고 보내라는 오백 원은 왜 안 보낸 건데? 내 오백 원 가지고 얼마나 잘 먹고 잘 살려고 그러는 건지 모르겠지만, 두고 봐. 내 돈 꿀꺽하고 두 발 뻗고 잘 수 있는지, 두고 보라고!

언니가 보냈다는 천 원은 아주 잘 받았어. 고마워 죽겠네. 무려 두 배씩이나 주고 말이야.

세상에. 내가 그 종이를 정말 천 원이라고 믿을 거라 생각했어?

어디서 위조지폐를 만들었는지 몰라도 만들려면 제대로 만들지 그랬어. 이건 뭐 어린이 은행놀이도 아니고, 크기도 다르고 색깔까지 다른 종이를 천 원이라고 속일 셈이야?

다시 한번 말하는데 나는 언니랑 장난치고 싶은 마음 조금도 없어. 장난은커녕 언니 편지 때문에 나까지 정신이 나갈 지경이라고.

이제 그만하고 내 오백 원 돌려줘. 부탁이야.

언니는 여전히 2016년에 살고 있겠지만 지금은 1985년이야.

정확히 1985년 8월 30일! 제발 정신 좀 차리고 살아. 그리고 이 이상한 천 원은 언니나 많이 가지셔.

1985년 8월 30일

언니를 불쌍하게 생각하는 은유가

09

행운을 잡은 너에게

헐. 맙소사.

잠깐만 편지 덮지 말고 내 얘기부터 들어 봐. 이번 편지가 네 인생에 엄청난 일을 가져다줄지도 모르니까.

너 정말 그냥 우체통에 편지를 넣은 거야? 특별한 우체통이 아니고, 정말 길거리에 있는 그 빨간 우체통이 맞는 거야? 하긴 특별한 우체통이라는 게 있을 리가 없지.

정말 그 사라진 주소로 배달이 됐단 말이지? 정말 과거에서 네가 내 편지를 받았다는 거지? 와, 진짜 소름.

먼저 사과부터 할게. 미안해. 내가 실수했어. 지금까지 너랑 주고받은 편지를 다시 생각해 보니까 네가 충분히 오해할 만하다는 생각이 들더라. 내가 2016년에 살고 있다는 증거가 내 말 빼곤 없었으니까.

일단 나는 네가 1980년대에 진짜로 살고 있다는 사실을 믿기로 했어. 인터넷에 1980년대 천 원 지폐를 검색해 봤는데 지금 쓰고 있는 지폐보다 훨씬 크고 색깔도 다르더라고. 네가 위조지폐라고 오해할 만해.

네가 화내 준 덕분에 내 믿음은 확실해졌어. 만약 네가 나한테 장난을 친 거라면 천 원을 돌려주지 않았을 거 아냐.

근데 그거 위조지폐 아니야. 미래에, 내가 살고 있는 이 세계에서 쓰는 돈이지. 참고로 천 원짜리 지폐는 2007년도에 새 지폐로 바뀌었어. 즉, 넌 미래의 천 원을 직접 봤다는 얘기지. 좀 근사하지 않아?

네가 내 말을 못 믿을까 봐 그 증거를 좀 모아 봤어. 그거 알아? 내가 편지를 보낼 때마다 너는 길게는 2년에서 짧게는 1년이라는 시간이 지나 있지만, 나는 고작 몇 주가 지나 있다는 거. 아무래도 과거의 시간과 지금의 시간이 서로 다르게 움직이는 것 같아.

네가 살고 있는 세계가 1985년이라고 했으니까, 내가 그다음 일어날 일들에 대해 얘기해 줄게. 만약 내가 하는 말이 진짜면 너도 우리에게 일어나고 있는 일에 대해 인정해야 해. 내가 진짜 미래에 살고 있다는 거, 그리고,

우리 둘이 **과거와 미래를 연결하고 있다는 거.**

1986년 아시안게임 개막식이 시작되기 전에 김포공항에서 폭

발 테러가 일어난대. 공항에 갈 일이 있다면 다음으로 미루는 게 좋을 거야.

1987년 12월 노태우가 대통령에 당선돼. 이 소식이 너한테 잔인한 소식이 되지 않길 바라.

1988년에 서울에서 올림픽이 열리는 건 너도 알지? 그리고 88년 7월에 뉴스 사고가 터지는데 이게 진짜 쩔어. MBC 뉴스에 어떤 아저씨가 튀어 나와서는 "내 귀에 도청장치가 있어!"라고 했대. 미친ㅋㅋㅋ 심지어 생방송임. ㅋㅋ

1988년 서울 올림픽 육상 100미터 우승자인 벤 존슨이 약물 복용을 했다가 들통났어. 도핑테스트에서 힘이 나는 약을 먹어서 1등을 했다는 게 탄로 난 거지. 어쩌자고 올림픽에 나오면서 약을 먹었는지 몰라. 당연히 그 사람은 실격됐고, 금메달을 빼앗겼어.

헐. 내가 스스로 근현대사 공부를 하고 있다니. 우주 질서가 뒤집힌 게 분명한가 봐. 하긴 과거에서 편지도 오는 판에 내가 근현대사 공부하는 게 대수겠어?

그리고 사실 이런 건 별로 중요한 게 아니야. 진짜 중요한 건 1988년에 지드래곤에 임시완까지 태어난다는 거지. 내가 너라면 하루라도 빨리 지드래곤을 찾아내서 친하게 지내겠어. 일단 알아두면 절대 후회 안 할 테니까. 방탄소년단이면 더 좋겠지만, 뭐.

이건 전부 인터넷 백과사전에서 알아본 내용이니까 확실할 거야. 더 확실한 건, 내가 미래에 있다는 거고. 그건 네가 살고 있는 세계에 대해 내가 더 많은 것을 알려 줄 수 있다는 뜻이지.

너, 좋아하는 연예인 있어? 말만 해. 내가 그 사람의 미래에 대해 싹 다 알아봐 줄 수 있으니까.

지금 네가 어떤 상황인지 잘 모르는 것 같아서 말해 두는데, 너 지금 땡잡은 거야. 유리 겔러보다 더 유명한 사람이 될 수도 있다는 얘기야. 물론 내가 없으면 불가능한 일이지. 그러니 나라는 행운을 붙잡은 걸 영광으로 생각하고, 친절하게 대하는 게 좋을 거야.

답장 기다릴게.

그리 오래 걸리지 않았으면 좋겠다.

2016년 2월 18일

미래에서 은유가

10

믿기지 않는 곳에 있는 언니에게

지금 가슴이 너무 떨려. 나한테 무슨 짓을 한 거야?

사실 나, 언니가 진짜 미친 사람인 줄 알았어. 처음엔 언니가 불쌍해서 답장을 했던 거고, 다음은 행운의 동전이 아까워서, 그 다음은 화가 나서 답장한 거였어. 이번에 또 언니 편지가 왔을 때 그만하려고 했었어. 더는 잊을 만하면 오는 편지에 답장하지 않으려고 했거든.

근데 왜 다시 답장을 하냐고? 오늘 텔레비전을 봤는데 언니가 말한 대로였어. 김포공항에서 테러가 일어나서 다섯 명이 죽었대. 그 얘길 듣는 순간 내가 얼마나 비명을 지른 줄 알아?

언니 정말 미래에서 편지를 보내는 거야?

정말로 무슨 일이 일어날지 다 알고 있는 거라고?

기분이 진짜 이상해. 꿈꾸는 것 같으면서 막 귀신에 홀린 것 같단 말이야.

미래에서 온 편지라니. 언니랑 내가 미래와 과거의 세계를 연결하고 있다니, 이런 일은 만화에서나 일어나는 일이지 나한테 일어날 수는 없는 거잖아. 이런 일이 진짜 일어날 수 있는 거면 메칸더 브이도 진짜 있다는 거잖아.

생각하면 할수록 막 가슴이 떨리고 무서워 죽을 것 같아. 63빌딩에 처음 갔을 때, 너무 높아서 빌딩이 무너질까 봐 다리가 후들후들 떨렸거든? 근데 지금 그때보다 백 배, 아니 천 배는 더 떨려.

솔직히 말하면 아직도 언니 말을 완전히 믿어도 되는 건지 확신이 안 서. 언니가 사기꾼일지도 모르잖아.

한참을 고민하고 또 고민하다가 언니랑 전화 통화를 꼭 해 봐야겠다는 생각이 들었어. 전화번호부에서 내 이름이랑 똑같은 사람을 찾아서 전화까지 걸었다니까. 엄마한테 전화비 많이 나온다고 혼나고 나서야, 어른 이름만 전화번호부에 나온다는 게 생각났지 뭐야.

내가 뭘 어떻게 하면 되는 거야? 정말 아무것도 모르겠어. 꼭 바보가 된 기분이야.

답장 줘.

1986년 9월 14일

과거에서 은유가

11

엄청난 일을 겪고 있는 너에게

안녕. 지금 네 기분이 어떨지 나도 잘 알아. 실은 나도 마찬가지거든.

네 답장 기다리는 동안 내가 얼마나 초조했는지 넌 상상도 못 할걸? 그동안 나는 매일같이 우편함을 들여다보고, 혹시라도 나 같은 일을 겪은 사람이 있을까 봐 휴대폰에 코를 박고 인터넷만 뒤지며 지냈어.

이제 너도 내가 미래에 있다는 걸 믿는 거지?

사실 나도 뭘 어떻게 하면 좋을지 모르겠어. 왜 아무도 '나한테 믿을 수 없는 일이 일어났을 때의 대처법' 같은 걸 알려 주지 않는 거야? 이런 건 인터넷에도 안 나온단 말이야.

내 인생 절호의 기회일지 모르는데. 이렇게 넋 놓고 있다가 어느 순간 휘리릭 사라져 버리면 어쩌지? 마음이 조마조마해서 죽을 것 같아.

뭐가 어떻게 된 건지 모르겠지만 중요한 건 우리에게 진짜 이

일이 벌어지고 있다는 거야.

맞아, 어쩌면 우리가 세상을 확 뒤집어 버릴지도 몰라. 생각해 봐. 누군가가 미래에 일어날 일을 다 알고 있다면? 그래서 과거가 바뀌어 버린다면? 우리가 힘을 합치면 못 할 게 뭐가 있겠어. 역사를 바꾸는 건 일도 아니지.

엄청나게 유명한 점쟁이는 어때? 대한민국 역사에 한 획을 그은 위대한 예언자로 남는 거지. 네가 역사를 바꾸면 우릴 모티브로 삼은 영화가 나올지도 모르잖아! 생각만 해도 짜릿하다.

일단 우리가 세상을 확 뒤집어 버리려면 네가 알고 있어야 할 것 같아서, 인터넷을 뒤져서 앞으로 일어날 일들을 잔뜩 적어 봤어. 편지 뒷장에 있으니 참고해. 그리고 네가 바꿀 만한 일이 뭐가 있는지 살펴봐.

다음 답장 때는 역사가 바뀌어 있길 바라.

2016년 3월 9일

미래의 은유가

12

미래의 아이에게

조금 늦긴 했지만, 메리 크리스마스!

나는 지금 눈을 기다리는 중이야. 아침부터 흐린 날씨가 계속됐는데 오라는 눈은 안 오고 하루 종일 우중충하기만 한 거 있지. 겨울엔 자고로 흰 눈이 펑펑 내려 줘야 제맛인데 말이야. 하긴 눈 내려서 길 어는 것보단 이게 낫긴 하겠다. 골목에 연탄재 뿌리는 것도 장난 아니거든. 꼭 그럴 때 우리 엄만 나만 부른단 말이야.

먼저 내 안부부터 말하자면 난 전혀 잘 지내지 못했어. 아, 이제 내 나이가 내일모레면 열여섯이 된다는 사실을 알려 줘야겠다.

다음 편지에서는 네가 날 언니라고 불러야 할 거야. 이렇게 말하니까 신기하다. 얼마 전까지는 동생이었다가, 간신히 친구가 되나 했더니 벌써 내가 언니가 될 차례라니.

그건 그렇고 내 소식부터 말해 줄게. 내가 안녕하지 못한 이유에 대해서.

넌 우리 일에 대해 뭘 어떻게 해야 할지 모르겠다고 했지만 난 아니었어. 미래를 알게 되면 해야 할 일, 할 수 있는 일, 하고 싶은 일들이 수두룩 빽빽했지.

네가 편지에 적어 보낸 일들 말이야. 내가 그걸 다 알고 있으니까, 학교에서든 집에서든 다들 눈을 휘둥그레 뜨고 난리도 아니었어. 그렇다고 네가 편지에 쓴 것처럼 점쟁이가 됐다는 뜻은 아니야.

솔직히 말하자면 예언자 흉내를 조금 내긴 했지.

"그걸 네가 어떻게 알아?"

라는 물음에

"잠을 자면 미래가 보여."

라고 말하는 식이지.

처음엔 그냥 재미있어서 그랬던 거야. 놀라 자빠지는 사람들의 표정이나 반응이 웃겨서. 그게 이렇게 큰일이 될 줄은 상상도 못 했지만.

대통령 선거를 앞두고 있었어. 우리 아빠는 누가 되든 상관없으니 노태우만 되지 마라, 하고 있었지. 우리 엄마는 김대중이 되길 바라는 눈치더라고.

올여름에 특히 많은 일이 있었잖아. 대학생들은 죄다 나와서 데모를 하고 경찰들은 그걸 막으려고 최루탄을 터트려 대는데, 눈이고 코고 목구멍이고 안 따끔거리는 데가 없을 정도였대. 내 친구는 종로에 나갔다가 최루탄 연기를 마셨는데 똥구멍까지 따갑더란다.

이전에도 대학생들이 거리로 나와 데모를 하긴 했었지만 올해는 유난히 달랐어. 엄청 똑똑한 대학생이 고문당하다 죽었다잖아. 그러고 나서부터는 사람들 표정이 싹 변했다니까. 시위하던 대학생을 보며 혀를 차던 어른들도 태도를 바꿨어. 전쟁 때도 이러진 않았다고 얼마나 분통을 터트렸는데. 심지어 넥타이부대까지 거리로 나왔다니까.

다들 어디서 그런 용기가 나나 몰라. 난 경찰들이 서 있는 것만 봐도 무섭던데. 멀리서 최루탄 냄새만 맡아도 막 심장이 쪼그라들고.

그래서 그런가 내가 노태우가 대통령이 될 거라고 했을 때 내 말을 믿는 사람은 아무도 없었어.

"진짜라니까. 노태우가 대통령 된대도. 내가 꿈에서 봤어."

"또, 또! 쓸데없는 소리 한다. 빨리 들어가서 공부 안 해!"

내 말에 엄마는 공부나 하라고 핀잔을 줬고 아빠는 콧방귀도 안 뀌었어.

그래서 어떻게 됐냐고? 당연히 노태우가 대통령이 됐고 엄마 아빠는 엄청난 충격에 휩싸였지.

일은 그때부터 시작됐어.

"은유야. 너 진짜 엄마한테 솔직히 말해야 돼. 안 혼낼 테니까 솔직하게만 말하면 돼."

학교에 다녀오는데 엄마가 엄청나게 심각한 얼굴로 내 팔을 붙잡고 늘어지는 거야.

"너 꿈에서 뭐가 보인다고 했던 거 거짓말이지?"

꽤 걱정스러운 얼굴이었고, 나는 그런 엄마의 얼굴을 보는 게 싫지 않았어. 만날 공부하라고 구박만 하던 엄마가 웬일로 날 걱정하고 있었으니까.

"엄마. 이거 절대로 말하면 안 돼. 비밀 지킬 수 있어?"

"그래. 절대 아무한테도 말 안 할 테니까 솔직하게 말해 봐."

"사실…… 꿈꾸는 건 아니고 편지를 받아."

"편지?"

"어. 미래에서 편지가 오거든. 엄마도 알지? 나 열 살 때 나랑 이름 똑같은 애한테서 편지 온 적 있잖아."

내 대답을 끝으로 엄마는 눈을 질끈 감았어. 엄마도 엄청 놀랐겠지.

누가 대통령이 될지 내가 딱 맞혔잖아? 그거 말고도 네가 보내 준 일들로 미래를 척척 맞혔지. 그것도 뉴스에 나올 법한 일로만 딱.

문제는 그다음부터였어.

웬 부적들이 내 방 곳곳에 붙기 시작하더니 어제는 베개 밑에 칼까지 들어 있더라. 그것도 부적으로 돌돌 말린 칼! 그뿐인 줄 알아? 오늘은 우리 집 마당에서 무당이 굿을 하고 있더라니까.

글쎄 나보고 귀신에 들렸다는 거야. 그게 아니라 진짜 미래에서 편지가 오는 거라고 말했더니, 그 귀신 같은 무당이 나한테 팥을 던지더라니까! (악귀야 물러나라!)

너 팥이 얼마나 딴딴한 줄 아니? 아직도 피부가 따끔거려.

내가 두 번 다시 이 편지에 대해 다른 사람에게 말하면 사람이 아니야. 이제 미래 이야기라면 입도 뻥긋 안 할 거야.

역사를 바꾸라고?

아유, 세상에. 됐네요. 됐어.

~~1987년 12월 27일~~

~~은유가~~

막 편지를 부치려고 하다가 끔찍한 사실을 알게 됐어.

네가 사는 세상이 2016년이라면…… 그럼 안 되는데. 절대 안 된다고!

1999년에 지구가 멸망한다고 했단 말이야. 노스트라다무스라는 엄청나게 유명한 예언가가 지구는 1999년 7월에 끝난다고 했어. 내가 잡지에서 분명히 읽었다고. 근데 네 말이 사실이라면 1999년에 지구 멸망은커녕 멀쩡하게 잘 돌아가고 있다는 뜻이잖아. 적어도 2016년까지는!

난 몰라. 이제 어쩌면 좋아. 나 지금 머리를 쥐어뜯으면서 책상에 엎어져 있어.

세상에. 내가 대체 무슨 짓을 한 거지? 너한테만 말할 거니까 절대 아무한테도 말하면 안 돼. 절대절대. 네가 아무리 미래에 사는 애라고 해도, 네 세계에 나를 아는 사람이 한 명도 없다고 해도 안 돼.

나, 사실 정수 오빠한테 좋아한다고 고백했어. 엄청나게 용기 내서 한 고백이었다고!

그 오빠가 얼마나 인기가 많은 줄 아니? 알 만한 애들은 다 안다니까. 어떤 애들은 그 오빠 얼굴 보려고 무려 한 시간이나 일찍 일어나서 같은 버스를 탄대. 자기네 학교는 오빠네 학교랑 뚝 떨어져 있는데도 말이야. 꿀맛 같은 아침잠을 포기하고 버스비까지 날리면서 그러는 이유가 오직 그 오빠 때문이라고.

끔찍한 건 정수 오빠가 날 걷어찼다는 거야. 공부해야 돼서 나랑 만나 줄 수가 없대. 이게 다 눈 때문이야. 크리스마스에 눈이 와야 첫사랑이 이루어진댔는데, 눈은 코빼기도 안 보였으니 이루어질 리가 없잖아!

차였을 때 내가 얼마나 쪽팔렸는지 알아? 그 쪽팔림 속에서 지구 멸망만이 한 줄기 빛이었다고!

어차피 1999년에 지구가 멸망하면 부끄러움도 끝이라고 생각하면서 견뎠는데, 지구 멸망 안 한다며! 멀쩡하게 산다며!

"오빠. 죽어라 공부해 봤자 소용없어요."

"무슨 말이야?"

"노스트라다무스도 몰라요? 바보같이 문제집만 풀지 말고 잡지 좀 봐요."

세상에서 제일 멍청해 보였을 거야. 나 이제 어떻게 우리 동네에서 얼굴 들고 다녀? 차라리 혀 깨물고 죽고 싶다 진짜. 이제 우리 학교에 내가 정수 오빠한테 차였다는 소문이 지나가는 도둑고양이 귀에도 들어갈 만큼 쫙 퍼지겠지? 우리 집에 무당이 와서 굿도 하고 갔다는 소문까지 더해지면 난……!

으아악!

나는 왜 이렇게 불행한 건지 모르겠어.

구두쇠 짠돌이 아빠에, 잔소리 대마왕 엄마에, 틈만 나면 비교당하는 똑똑한 언니까지.

전부 엉망진창이야. 미래에서 오는 편지를 받고 내 세상이 뒤집어지려나 보다, 이제 조금 풀리려나 보다 했는데.

다 망했어. 망할 놈의 크리스마스! 망할 놈의 눈! 망할 놈의 첫사랑! 으윽…….

곧 있으면 나도 중3인데, 내 인생은 어쩌면 좋아? 나 성적도 개판이란 말이야.

지금부터 공부하면 조금 달라질까? 우리 담임이 내 성적으로는 연합고사도 힘들다고 했는데…… 학력고사는 쳐 봐야 의미 없겠지?

너 미래에 산다고 했지? 타임머신 같은 거 없어? 나 미래에 좀 데려가 주면 안 될까? 여기선 쪽팔려서 1분도 더 못 살 것 같아. 제발 부탁해.

1987년 12월 27일

미래로 가고 싶은 은유가

13

창피해하고 있을 친구에게

진정해. 천천히 숨을 들이쉬고 내쉬어.

사람이 쪽팔린다고 죽진 않아. 난 더 심한 일도 겪어 봤는걸. 초딩 때 엄마 없는 거 들킬까 봐 애들한테 뻥치고 다닌 적 있었거든. 할머니한테 온 전화 받고 엄마 전화인 척 연기도 했었어. 그게 다 거짓말이었다는 게 들통났을 때, 얼마나 끔찍했을지 상상이 가? 부끄러워 미칠 것 같아도 시간은 흐르고 결국 다 지나가더라고.

안타깝게도 아직 타임머신은 만들어지지 않았어. 널 내가 사는 2016년으로 데려올 수 없단 말이야. 즉, 어쩔 수 없이 쪽팔림을 감수해야 한단 말이지. 어차피 또 시간이 지나가 있을 테니, 이 편지를 받았을 때쯤에는 다 극복하고 잘 지내고 있을 거라 믿을게.

우리 일에 대해서는 네 말대로 다른 사람들한테는 말 안 하는 게 맞는 것 같아.

내가 인터넷에 익명으로 글을 좀 남겨 놨었거든. 과거에서 편지가 온다고 말이야. 그랬더니 이런 답변이 달렸어. 참고로 하나도 고치지 않고 그대로 옮겨 쓴 거라는 걸 알아 둬.

안녕하십니까. 질문자님의 글 잘 읽엇습니다. 질문자님께서는 현제 특별한 경험을 하고 먼가 당항하고 있는것 같내요. 먼져 전혀 당항할 필요가 없다는걸 알려드리겠습니다. 세상에는 과학적으로 증명할수 없는 일들이 곧곧에서 일어나고 있습니다. 질문자님께서도 과학적으로 설명할 수 없는 것을 경험했을뿐입니다. 과학은 학문일뿐이며 과학이 증명하지 못한다고 해서 거짓이라고 말할수 없습니다.

제가 살아 보니 과학적으로 증명되지 못할 일들이 아주 많더군요. 제가 지구로 온지 한 400년정도 됬으니까 믿으셔도 됩니다. 더 자세한 상담을 원하시면 깐따삐야! 라고 외치면 제가 달려가겠습니다.

얼마나 허탈하던지. 장난인지도 모르고 한참을 읽었다니까. 혼자 몰래 깐따삐야라고 외친 건 쪽팔리니까 비밀로 해 줘. 야, 내가 얼마나 급했는지 알겠지?

첫 줄에서 맞춤법 틀렸을 때 알아봤어야 하는 건데.

심지어 어떤 사람은 답변에 '초딩 꺼져'라고 적어 놨더라니까.

당최 사람들은 내 말을 믿을 준비조차 안 되어 있는 것 같아.

세상에 특별한 일이 일어나지 않는 이유는 사람들이 특별한 일을 받아들일 준비가 안 되어 있기 때문일 거야.

그러니까 함부로 이 일을 다른 사람에게 알리면 안 될 것 같아. 난 딱딱한 팔 세례를 받고 싶은 마음이 1도 없거든. 귀신에 들렸다는 소문은 더 끔찍하고.

모르긴 몰라도 내가 우리 아빠한테 너랑 편지를 주고받는다는 말을 했어도 비슷한 취급을 받았을 것 같아. 할머니는 펄쩍 뛰면서 정신과 상담을 예약해 뒀을지도 모르지.

아 참. 네가 말했던 노스트라다무스라는 사람에 대해서 좀 찾아봤어. 네 말대로 꽤 유명한 예언가였대. 1999년에 지구가 멸망한다는 생각에 두려워 자살한 사람도 있었다더라.

진짜 바보 같지 않아?

아니, 내 말은 네가 바보 같다는 게 아니라 지구 종말이 두려워서 스스로 목숨을 끊었다는 사람 말이야. 얼마나 두려웠으면 그랬을까 싶지만, 또 한편으로는 아직 오지 않은 내일이 두려워서 차라리 내일을 없애 버린 거잖아.

종말은 그렇게 쉽게 오지 않는다고.

세상은 계속될 거야.

네가 그랬지? 네 삶은 엉망진창이고 불행으로 가득하다고.

내가 봤을 때 너는 아주 행복한 삶을 살고 있어. 최소한 평범한 가족이라는 게 있잖아. 그런 가족을 둔 애가 삶이 엉망진창이라고 하는 거, 배부른 투정으로밖에 안 들려.

난 엄마가 없거든.

처음 내 편지 기억나?

우리 아빠는 나한테 관심이 없어. 아빤 그냥 내 옆에서 '존재'만 하는 거야. 너한테 가는 내 편지처럼 어쩌다 한 번씩 찾아오는 존재. 우리 아빠가 그래. 내 생일 한번 챙겨 준 적 없어. 파티는커녕 케이크도 같이 안 먹어 봤는걸. 아마 내 생일이 언제인지도 모를걸? 내가 가출을 하든, 밥을 굶든 아무 관심도 없는 아빠랑 산다는 게 어떤 느낌인지 알아? 꼭 유령이 된 기분이야. 죽어서 저 세상으로 가지 못하고 떠돌아다니는 유령.

그랬던 아빠가 요즘 나한테 관심을 보이기 시작했어.

"학교생활은 어때?"라는 역겨운 질문까지 하더라. 학교생활이 어떻긴 뭐가 어때? 당연히 짜증 나지.

15년 내내 무덤덤하게 굴다가 이제 와서 이러는 이유가 뭔 줄 알아? 내년에 재혼하거든. 덕분에 평생 한 번도 가져 본 적 없는 엄마가 나한테도 생길 예정인 거지. 근데 나는 그런 아빠를 보는 게 진짜 싫어. 유치하게 아빠가 재혼한다고 그러는 거 아니야. 내가 애도 아니고, 재혼이 뭐 그리 큰일이라고 징징대겠어?

내가 짜증 나는 건 아빠 태도야.

평소에 아빠가 하는 말? 한 2주에 한 번쯤 '용돈 남았니?'라고 묻는 거. 그게 다야. 그럼 나는 돈이 있든 없든 네, 라고 대답해. 그게 제일 짧은 말이잖아. 어차피 내가 뭐라고 답하든 아빠 카드에 돈은 또 들어오니까.

근데 그 여자가 나타나고 나서부터 아빠가 변했어. 안 하던 질문을 하질 않나, 어색하기 짝이 없는 웃음을 짓질 않나.

난 그 여자가 싫어. 싫은 이유를 대라면 백 가지도 넘게 댈 수 있지만 간단하게 요약하자면 그 여자 존재 자체가 역겹다는 거야. 15년을 혼자 방치된 채 살았는데 아빠가 갑자기 행복한 미소를 지으며 새엄마를 데려왔다고 생각해 봐. 그 자리에서 오바이트 안 한 게 다행이지.

둘이 결혼을 하든, 지지고 볶든 아무 상관도 안 할 테니까 제발 나는 그냥 내버려 두라고, 예전처럼 있는 듯 없는 듯 지내자고 말하고 싶은데 그랬다간 다들 중2병이 어쩌고저쩌고할 게 뻔하니까.

여기선 열다섯을 중2병이라고 부르거든. 병처럼 오는 사춘기라는 뜻인데 중학생 되고 나서부터는 그 말 듣는 게 세상에서 제일 싫어. 꼭 아무 생각도 없이 살면서, 성장기 호르몬 때문에 불만만 가지는 애처럼 보이잖아?

그런 의미에서 난 네가 부러워.

뭐라고 한마디 할 때마다 중2병에 걸렸냐는 말 안 들어도 되지, 가식 쩌는 아빠도 없지, 엄마도 있지. 거기다가 네가 사는 세계는 시간이 엄청 빨리 흐르잖아. 난 고작 두 달 지났는데 넌 벌써 몇 년이 지났으니까. 난 한참 멀었는데 넌 눈 깜빡할 사이에 어른이 되어 있을 거 아냐.

아직도 어른이 되려면 5년이나 더 있어야 한다니. 이러니 내가 빨리 나가고 싶지.

넌 처음부터 내 편지 봤으니까 알지? 내 가출 계획.

가출이라고 하니까 내가 문제아라도 된 것 같네. 가출보다는 독립이라고 하는 게 더 맞겠다. 사실 내 독립 계획은 제법 구체적이야.

먼저 살 집을 구할 거야. 일반 집은 값도 비싸고 구하기도 어려우니까, 고시원을 알아보고 있어. 오래되고 관리 안 되는 고시원이 아니라 깨끗하고 안전한 여성 전용 고시원으로 들어가려고. 근데 가격 차이가 제법 많이 나서 조금 문제긴 해.

그래서 두 달 정도 지낼 수 있는 고시원비와 생활비를 모으는 중이야. 독립하면 바로 아르바이트를 시작할 거긴 하지만 혹시 모를 상황에 대비는 해야 하니까.

사실 아르바이트 구하는 일 때문에 걱정이 많아. 미성년자가 할 수 있는 아르바이트는 그리 많지 않거든. 편의점이나 피시방 아르바이트는 시급이 워낙 적다고 하더라고.

이렇게 내 머릿속에는 미래에 대한 계획이 잔뜩 들어 있어. 그런데 아무도 이 사실을 몰라. 웃기지 않냐? 내 주변에 있는 사람들은 아무도 모르는데, 얼굴 한 번 본 적 없는 과거의 사람이 내 이야기를 알고 있다는 거.

자. 내 얘기는 여기까지. 이제 우리 얘기를 해 보자.

나는 미래에 있으니 마음만 먹으면 과거에 일어난 일들을 알 수 있어. 다행히 인터넷이라는 아이템을 쓸 수 있거든. 그건 널 도와줄 수 있다는 말이고, 네 인생이 아주 쉽게 풀릴 수가 있단 말이지. 네가 말한 학력고사 시험문제를 알아볼 수 있을 것 같거든. 학력고사가 네가 사는 세계의 수능시험 같은 거지? 대학교 가려고 보는 시험?

너무 오래전 일이라 시간은 좀 걸리겠지만, 과거 기출문제를 뒤지면 충분히 찾을 수 있을 거야.

내가 노스트라다무스 할아버지 때문에 포기했던 너의 미래를 되찾아 줄게.

거봐, 내가 뭐랬어. 우리 둘이 힘을 합치면 엄청난 일을 할 수 있다니까.

2016년 3월 15일

미래에서 은유가

14

엄청난 일을 해 줄 동생에게

안녕. 잘 지냈니? 거긴 날씨가 어때? 여긴 제법 추워져서 겨울나기 준비가 한창이야.

겨울이 되면 온 동네 사람들이 바빠져. 엄마는 동네 아줌마들이랑 김장을 얼마나 할지 온종일 이야기를 나누고, 재수 없는 우리 언니는 자기가 학력고사 치는 것도 아닌데 벌써부터 밤샘 공부 중이야. 난 〈담다디〉를 들으면서 대학가요제나 빨리 했으면 하는 중이고.

올해 우리 엄마, 아빠 소원은 겨울 내내 연탄 떨어지지 않게 쌓아 두는 거랑, 내가 정신 차리고 공부하는 거래. 올해라니, 겨우 한 달 남겨 두고 나한테 공부하라고 압박하는 건 좀 치사한 것 같지 않니?

그 와중에 네 편지가 떡하니 나타난 거지. 어쩐지 이번에는 네 편지가 유난히 기다려지더라니. 정말 학력고사 문제 찾아볼 수 있는 거야? 그 인터넷이라는 게 그렇게 대단한 거란 말이야? 그게 뭔지는 모르겠지만 하여간 이 세상에 대해 모르는 게 없는 미래의 척척박사라는 거잖아!

참. 내 정신 좀 봐. 내가 열여섯 살이라는 말을 했던가? 그것도 한 달 뒤면 열일곱이 되는 열여섯이지. 딱히 언니 노릇을 하려는 건 아니지만, 이번 편지에는 할 말이 좀 많아. 편지가 조금 길더라도 참고 읽어 줘.

먼저 네가 궁금해할지도 모르니 고백 사건 이후 소식부터 알려줄게. 네 말처럼 쪽팔린다고 죽진 않더라. 정수 오빠 얼굴을 봐도 더 이상 내장이 오그라드는 기분이 들지 않고. 친구들 놀림도 그리 오래는 안 가더라고. 하긴 그것도 그럴 게, 더 이상 내 쪽팔림은 최신 소식이 아니니까.

놀라 기절초풍할 이야기 들려줄까? 정수 오빠랑 우리 언니가 사귀고 있어. 나더러는 공부해야 돼서 싫다더니 뻔뻔하게 우리 언니를 만나고 있는 거지. 진짜 기막히지 않니?

고등학교 때 남자 만나면, 대학은 물론이고 인생까지 망친다고 도시락 싸 들고 말리던 우리 엄마도 오빠를 한 번 만나 보더니 마음의 문을 활짝 열었어.

왜 아니겠어? 누구든 정수 오빠를 만나면 호감으로 가득 차는걸. 훤칠한 외모며 사근사근한 목소리, 거기다 똑똑하기까지 하니까.

요즘 엄마는 대놓고 정수 만나러 안 가냐며 언니를 들볶기 시작했어. 언니가 정수 오빠를 만나고 나서부터 성적이 더 올랐거든. 언니 말에 의하면 그 오빠는 모르는 게 없대. 천재 같다나.

오빠와 언니의 만남을 달갑지 않게 여기는 건 나랑 우리 아빠뿐이야. 아빠 말이 남자는 다 도둑놈이래. 아무리 똑똑하고 잘생겨도 결국 그놈이 그놈이라는 거야. 당연히 난 아빠 편이고.

엄마는 언니랑 정수 오빠가 만나서 만날 독서실이나 다니는 줄 아는데 사실 그거 아니거든. 올림픽 때 만날 놀러 다닌 걸 누가 모를 줄 알고? 글쎄 지난주에는 독서실 간다고 해 놓고 중앙극장에서 손잡고 나오더라니까. 내가 똑똑히 봤어.

흥! 둘 다 대학에 똑 떨어졌으면 좋겠어.

넌 정말 아직도 열다섯 살에 머물러 있니? 미래의 시간은 왜 이렇게 느리게 흘러가는 거니? 네가 지긋지긋해하는 것도 이해는 된다.

아무리 그래도 그렇지. 중2병이라니, 말이 너무 심한 거 아니야? 세상에 중학교 2학년을 거치지 않는 사람은 아무도 없는데. 한 시절을 '병'으로 표현하는 거 좀 그렇잖아. 근데 솔직히 네 편지를 읽고 나니까 어른들이 왜 중2병이라고 하는지 아주 조금은 알 것 같기도 해.

너 정말로 가출할 생각이야? 너 설마 막 담배 피우고 그러는 거 아니지? 과산화수소나 맥주로 노랗게 머리 염색하고 다니고 그러진 않지?

난 반대야. 가출이 무슨 동네 개 이름도 아니고. 가출을 하는 순간, 언제 어디서 납치될지 모른다구. 정신을 잃고 눈떠 보면 새우잡이 배에 실려 있을지 누가 아니?

불량 청소년 이야기를 꺼내고 싶지 않지만, 하지 않을 수 없네. 네가 문제아가 될 거라고 생각하지는 않지만, 단지 아빠에게 불만이 좀 쌓였다고 해서 가출을 해서는 안 되는 거야.

너희 아빠가 너한테 무관심하다고 했니? 우리나라 아빠들은 다들 그래. 자식 교육은 엄마가 맡고 대부분의 아빠는 바깥일을 하지. 오죽하면 '안사람' '바깥양반'이라는 말이 생겨났겠어?

그리고 아빠가 일일이 성적이며 옷차림이며, 행동거지까지 따지고 드는 것만큼 귀찮은 일이 또 있을 것 같아? 네가 그 지독한 간섭을 못 받아 봐서 이러나 본데, 잔소리쟁이는 엄마 한 명으로 족하다고. 알겠니?

그래. 넌 엄마가 없다고 했으니 아빠한테 엄마 몫까지 원하고 있는 건지도 모르겠다. 충분히 이해해. 근데 너, 너희 아빠가 널 키우면서 너희 엄마 몫까지 하느라 얼마나 애썼을지를 생각해 봤니? 나는 네가 너희 아빠한테 엄마와 아빠 몫 전부를 요구하기 전에 너부터 네 몫을 잘 해내고 있는지 돌아봐야 한다고 생각해.

너희 아빠가 네 하인도 아니고. 어떻게 사람이 완벽할 수 있냔 말이야. 뭐든 장점이 있으면 단점도 있는 법이지. 넌 완벽성을 원하고 있잖아.

잊지 마.

너희 아빠는 완벽한 사람이 아니야. 그저 아빠일 뿐이지.

물론 너한테 이런 말을 하는 게 아무런 위로도 되지 않는다는 걸 알아. 네가 원하는 대답이 이런 종류의 간섭이 아니라는 것도 알고. 개뿔 네가 뭘 안다고 내 인생에 이러쿵저러쿵하냐고 하면 나도 할 말 없어.

그래도 있잖아. 우리가 적어도 어떤 특별한 운명으로 이렇게 편지를 주고받게 되었다면, 네 인생에 나도 아주 조금은 간섭할 수 있다고 생각해. 어쩌면 이런 간섭이 내가 너한테 해 줄 수 있는 일일지도 모르고.

내가 이렇게 말할 만큼 가출이라는 게 엄청난 일이라는 걸 알았으면 좋겠어. 세상엔 좋은 사람도 많지만 어리고 힘없는 사람을 노리는 하이에나 같은 인간들도 넘쳐 난다고. 그리고 넌 내년이 되어 봤자 고작 열여섯 살일 뿐이잖아? 열여섯 살이 가출이라니.

넌, 스스로 절벽 밑으로 뛰어내리려고 마음먹은 걸로밖에 안 보여. 네가 집을 나가면 남겨진 아빠 기분은 엄청 좋아 죽겠다. 그치? 하나밖에 없는 딸 금이야 옥이야 키워 놨더니 가출이라니! 나라면 배신감으로 정신을 못 차릴 것 같아.

세상에. 아빠가 재혼을 한다고 가출까지 하려고 하다니. 너무 꽉 막힌 거 아니니? 아빠가 새엄마를 맞으려고 한다면 넓은 마음으로 반겨 줄 순 없는 거야? 너희 아빠를 믿고 한 번쯤 그 아줌마를 괜찮게 생각해 보려고 노력을 할 순 없냔 말이야. 세상의 모든 새엄마가 콩쥐팥쥐에 나오는 계모는 아닐 테니까.

요즘 깨닫는 건데, 세상에 자기 자신이 행복하다고 느끼는 사람은 없는 것 같아. 모두들 자기 삶이 다른 사람들에 비해 불행하다고 느끼는 거지. 하지만 불행하다고 해서 자신의 인생을 포기하거나, 위험에 빠트리는 건 절대 올바른 행동은 아닌 것 같다.

너 88올림픽 알지? 그 많은 선수들 중에 금메달을 따는 사람은 딱 한 명뿐이잖아. 그럼 한 명을 제외한 다른 사람들의 땀과 노력은 쓸모없는 걸까? 그렇게 잊혀도 되는 걸까?

있잖아.

우리의 삶이 올림픽이라면 지금 네가 겪고 있는 일들은 전부

훈련인 거야. 누구에게나 그렇겠지만 훈련은 진짜 지독하고 힘든 거고.

하지만 모든 선수들이 훈련이 힘들다고 해서 떠나 버리지는 않잖아. 이를 악물고 버티고 견디지. 물론 너더러 무조건 견디라는 말은 아니야. 그 힘든 훈련을 혼자 하려고 하지 말고, 감독님도 있고 코치님도 있는 곳에서, 라이벌도 있고 동료도 있는 곳에서 하는 건 어때? 그래야 조언도 받을 수 있지 않을까?

내 편지가 널 기분 나쁘게 만들어도 어쩔 수 없어.

네가 빈정 상해서 내 학력고사 기출문제를 알려 주지 않는다고 할까 봐, 망설이기도 했어. 나야 듣기 좋은 말 몇 마디로 널 기분 좋게 만들고 기출문제를 받으면 그만이지.

근데 아무리 생각해도 그건 아닌 것 같더라.

네가 그랬지? 우리 둘이 힘을 합치면 엄청난 일을 할 수 있을 거라고. 그래. 우리 힘을 합쳐서 엄청난 일을 해 보자. 가출 같은 한심한 사춘기 반항은 그만두고.

1988년 11월 26일

과거에서

15

과거의 너에게

편지 잘 받았어. 네 편지 읽으면서 많은 생각이 들었어. 그래. 네 말이 맞아. 넌 아무것도 모르면서 간섭하고 있어. 그것도 쓰레기 같은 간섭.

사람은 모두 자기 삶이 가장 불행하다고 여기며 산다고? 아니. 사람은 자기가 가장 불행하다고 여기는 게 아니라, 오직 자기만 생각하는 거야. 다른 사람의 입장은 어떤지 눈곱만큼도 헤아리지 못하는 거지. 왜냐? 이기적이니까.

넌 지금 나한테 엄청나게 이기적인 편지를 보낸 거야.

네가 뭔데? 네가 뭘 안다고 나에 대해서 평가하는 거냐고. 고작 편지 몇 번 주고받았다고 다 안다고 착각하지 마.

네 눈엔 내가 아빠한테 관심받고 싶어서 가출하겠다는 걸로 보이냐? 날 중2병 환자로 보는 모양인데, 천만에. 나는 가출이 아니라, 독립을 꿈꾸는 거라고.

고작 열여섯 살이라고 했지? 그래. 나 열여섯에 이 집에서 나

갈 거다. 근데 그게 뭐? 나한테 지랄 같은 충고 하는 너도 고작 열여섯이잖아.

적어도 나는 잘 알지도 못하면서 건방진 말로 사람 가슴에 못질은 안 해. 너 설마 '언니' 코스프레 하냐? 미안하지만, 난 널 언니라고 인정해 줄 마음 전혀 없어.

내가 철없이 홧김에 하는 행동이라면 왜 1년 전부터 계획하고 있겠어? 그냥 냅다 뛰쳐나가면 되는걸. 나한테도 생각이라는 게 있고, 계획이라는 게 있어. 관심 종자처럼 관심받겠다고 집 나가는 게 아니라고.

남자는 바깥양반이고, 여자는 안사람이라니 그거 진짜 충격적인 말이다. 무슨 조선 시대에 사냐?

남자든 여자든 엄마와 아빠가 됐으면 아이에게 관심을 기울일 의무가 있는 거야. 그리고 난 네가 말하는 것처럼 우리 아빠한테 엄마와 아빠 역할 전부를 원한 적 단 한 번도 없어.

네가 뭘 알겠어.

너 생일에 불 꺼진 집에 들어가 본 적 있어? 아침에 일어났는데 집에 아무도 없었던 적은 있어? 왜 아빠는 내 이름조차 부르지 않을까 고민해 본 적은? 가슴에 응어리가 져서 울지 않고는 도저히 견딜 수 없는 날을 보내 본 적 있냐고.

그래도 난 괜찮았어.

매일 불 꺼진 집에 들어갈 때도, 아침에 누구 하나 깨워 주지 않아도, 유령처럼 말 한마디 없이 하루를 보냈을 때도, 그래도 나는 괜찮았어.

하루는 학교에서 대판 싸우고 반성문을 썼어. 걔가 먼저 시비를 걸었으니까 난 잘못한 게 없다고 썼더니 담임이 반성문에 아빠 사인을 받아 오라잖아. 그래, 그까짓 사인 받으면 그만이지.

하루 종일 아빠만 기다렸어. 학교에서 이런 일이 있었는데 억울해 죽겠다고, 아빠한테 말하고 싶어서 기다렸다고. 이 세상에 누구 한 명은 내 편 들어 주겠지, 내 이야기 들어 주겠지, 그렇게 기다리고 또 기다렸어.

근데 새벽에 들어온 아빠가 나한테 어떻게 했는지 알아? 내가 무슨 전염병 환자라도 되는 것처럼 도망치듯 들어가 버리더라. 이 시간까지 안 자고 뭐 했냐, 눈은 왜 이렇게 부은 거냐, 무슨 일 있었냐, 그 한마디 안 해 주더라.

철컥.

그 소리가 아직도 귀에 생생해. 나를 밀어내고 피하는 소리. 마음의 문을 닫아 버리고 다시는 열지 않을 것 같은 소리.

그때 내 기분이 어땠는지 알아?

비참했어. 무서웠어. 끔찍했어.

아빠가 날 두려워하는 눈으로 보고 있었으니까.

세상에 어떤 부모가 자식을 그런 눈으로 봐?

아빠는 늘 그런 식이었어. 내가 무슨 짓을 해도 '무슨 일 있냐' 한 번을 안 물어봐. 내가 얼마나 그 말이 듣고 싶은데…… 얼마나 기다렸는데…….

아빠. 그 애가 나보고 불쌍하대요. 엄마만 없는 게 아니라 아빠도 없는 것 같대요. 난 괜찮은데, 자꾸 나보고 불쌍하대요. 그래서 싸웠어요. 반성문도 쓰기 싫었어요. 이 얘기 하고 싶어서 하루 종일 아빠만 기다렸어요. 아빠한테 하고 싶은 말이 너무 많은데, 근데 왜 아빠는 나한테……

아무것도 안 물어봐요?

가슴이 답답해서 미쳐 버릴 것 같은데 난 또 바보처럼 아무 말도 못 해.

너한테 내 마음 이해해 달라는 거 아니야. 적어도, 함부로 말하진 마. 넌 가슴이 답답해서 터져 버릴 것 같은 기분이 뭔지 모를 테니까.

2016년 3월 23일

은유가

16

은유에게

편지 받자마자 쓰는 거야. 괜찮은 거니? 네 편지 받고 얼마나 놀랐는지 몰라. 내 편지가 그렇게 널 불편하게 했을 줄은 상상도 못 했어. 난 그냥 네가 걱정돼서…….

뭔가 네가 오해하고 있는 거 아닐까? 아빠가 왜 딸을 무서워하고 피하겠어? 어쩌면 그날 네가 너무 화가 나 있어서 그랬을지도 몰라.

가끔 나도 언니한테 화가 나서 막 소릴 지르는데, 그러면 언니는 아무것도 못 들었다는 듯 휙 나가 버리거든. 그게 또 사람 환장하게 만들잖니. 그래서 왜 사람 말을 무시하고 난리냐고 한바탕하면, 언니가 한쪽 귀를 후벼 파면서 이렇게 말해.

"네가 지랄을 하는데 무슨 말을 들어?"

그러면 난 또 미치고 팔짝 뛰는데 언니는 천하태평이야. 하고 싶은 말 있으면 소리 지르지 말고 또박또박 말하래. 그 전에는 한마디도 안 들을 거라고.

그러니까 내 말은 결국 화내는 사람이 진다는 거야. 일단 진정하고 아빠랑 얘기를 좀 나눠 봐. 꼭 가출이 문제를 해결하는 방법은 아니니까. 더 좋은 방법을 찾아야지.

혹시라도 내가 생각하는 것보다 상황이 많이 심각한 거면, 널 도와줄 사람을 찾아보는 건 어때?

다음 편지에서는 아빠와의 문제가 잘 해결되어 있길 바랄게.

1989년 4월 4일

답장 기다릴게.

17

과거에게

안녕이라고는 못 하겠다. 열흘 넘게 기다리고 기다린 편지가 고작 도움을 청해 보라는 이야기일 거라고는 상상도 못 했으니까. 진짜 허무하다. 도와줄 사람을 찾으라고?

그래서 난 누구한테 도움을 구하면 되는 건데? 경찰에 신고해서 아빠가 내 이름을 안 불러 줘요, 아빠가 날 무서워해요, 그러면 되는 거야? 그럼 그 사람들이 와서 아빠보고 왜 딸을 무서워하는 거냐고 벌금이라도 매긴대?

넌 자식이 부모에 대해 얼마나 알아야 한다고 생각해? 부모의 이름, 나이, 얼굴 생김새. 최소한 이 정도는 알아야 하지 않겠어?

근데 난 우리 엄마에 대해서 아무것도 몰라. 얼굴은 물론이고, 이름도 나이도, 어쩌다가 돌아가시게 됐는지도. 심지어 언제부터 나한테 엄마가 없었는지도 몰라. 외가 친척들은 어떤 사람들이었는지, 아니 있기는 한 건지, 아무것도 모른다고.

아무것도.

누구도 나한테 엄마에 대해 알려 주지 않아. 궁금해 죽겠는데, 물어볼 수도 없어. 물어보면 또 그 얼굴을 봐야 되니까.

빨갛게 변한 채 완전히 일그러진 얼굴.

세상에서 가장 끔찍한 일을 당했다는 듯한 그 표정.

아빤 죽어도 나한테 엄마 이야길 안 해 줘. 도대체 왜 숨기는 걸까? 말할 수 없는 비밀이라도 있는 걸까?

그저 할머니가 중얼거리는 소리로 한 말이 내가 엄마에 대해 아는 전부야.

'참 참한 애였지. 그렇게 가기엔 너무 아까운 애였는데. 하늘도 무심하시지…….'

우리 집에는 엄마 사진이 한 장도 없어. 아빠는 불타 버렸다고 하는데 정말 불에 타서 없는 건지 날 속이기 위해서 하는 말인지 알 수도 없어. 정말 존재하긴 했던 사람인지, 그런 거라면 왜 엄마를 안다는 사람은 한 명도 없는 건지. 답답해 죽을 것 같아.

아빠가 숨기는 건 대체 뭘까.

그 문제를 풀려고 하면 할수록 혼자 이상한 생각들, 무서운 생각들, 엉망진창이 된 생각 속에서 살게 되더라.

난 아빠와 엄마 사이에 어떤 비밀이 있다고 확신해. 그게 아니고서야 나한테 이렇게까지 감출 필요는 없을 테니까.

어렸을 땐, 내가 아빠 딸이 아닐지도 모른다는 생각을 했었어.

내가 입양되었거나, 아니면 대문 앞에 버려진 아기였을지도 모른다고. 그러니 아빠도 나한테 아무 이야기를 해 줄 수 없나 보다, 그렇게 생각했지.

근데 조금 더 커 보니까 그건 아닌 것 같더라고. 만약 정말 그런 거였다면 우리 할머니가 엄마더러 참 참한 애였다는 둥 어쨌다는 둥, 하는 말은 하지 않았을 테니까.

그럼 도대체 왜.

정말 미칠 것 같았어. 왜 나는 엄마에 대해 아무것도 알아선 안 되는 거지? 스스로에게 물으면 물을수록 잔인한 대답으로 가득 차더라.

결국 내가 생각한 게 뭔 줄 알아?

아빠가 엄마를 죽였을지도 모른다는 생각.

그래. 넌 어떻게 그런 끔찍한 생각을 할 수 있냐고 하겠지.

네가 날 어떻게 생각하든, 분명한 건 이 끔찍한 생각이 제일 가능성 높은 답이라는 거야. 그렇다고 우리 아빠가 폭력적이라는 건 아니야. 장난으로라도 나를 때린 적 없으니까. 근데 내 의문은 아빠가 술을 먹으면 어떻게 되느냐에 멈춰 있어. 사람이 술에 취하면 어떻게 변할지 알 게 뭐야?

우리 아빤 술을 거의 안 마시거든. 마시면 큰일이라도 나는 것처럼 구는데, 정말 어쩌다 한 번씩 술에 취해 올 때가 있어. 그럴 땐 난 할머니 집으로 가야 해. 절대 술 취한 아빠와 마주할 수 없도록. 왜 그래야만 했던 걸까. 선한 지킬 박사가 악의 화신인 하이드로 변하기라도 하는 걸까?

너, 나더러 아빠를 믿어 보라고 했냐?

너라면 엄마의 존재에 대해 철저하게 숨기는 아빠를 믿을 수 있어? 그런 아빠가 데려온 여자를 믿을 수 있겠냐고.

그 여자?

그 여자가 어떤 사람이든 상관없어. 중요한 건 그 여자가 나타나기 전이 훨씬 나았다는 거야. 멀찍이 떨어져서 무관심하던 상태가 훨씬 나았다고. 그땐 나도 혼자였고, 아빠도 혼자였으니까. 근데 이제는 아니잖아.

나는 여전히 혼자인데 아빠는 둘이 됐으니까.

네가 뭐라고 하든 난 독립할 거야. 이 집에서 나가고, 우리 엄마 비밀에 대해서도 반드시 밝히고 말 거라고. 너처럼 완벽하게 평범한 집안에서 태어난 애는 절대로 내 기분 이해 못 해. 넌 우울함이 뭔지도 모르고 진짜 외로움이 뭔지 모를 테니까.

내 기억 속에 엄마가 존재하지 않는 것처럼, 아빠 머릿속에서 나도 완전히 사라져 버릴까 봐 두려워해 본 적 없을 테니까.

너한테 내 심정을 이해해 달라는 게 아니야. 너한테 이해받고 싶은 생각도 없어. 그러니까 같잖은 충고 할 생각 하지 마.

생각해 보니까 너랑 편지하면서 이득 보는 건 너뿐이더라고. 넌 미래를 알아서 좋지만 난 과거를 안다고 달라질 게 없잖아? 그래서 말인데 우리가 뭔가를 할 수 있다는 말은 취소할게.

답장은 안 보내도 돼.

2016년 4월 7일

은유가

18

미래의 은유에게

안녕.

내가 사는 곳에도 봄이 찾아왔어. 얼마 전까지만 해도 꽃샘추위 때문에 봄이 와도 온 것 같지가 않았거든. 이놈의 겨울은 언제 가나 했는데 오늘은 눈이 부실 만큼 햇빛이 좋았어.

사람은 이상한 것 같아. 절대 적응하지 못할 것 같던 일들도 어느새 적응을 하고 살아가거든. 이젠 고등학교 생활도 익숙해져서 밤 11시에 집에 오는 일이 너무 당연하게 느껴져.

편지도 그래. 너한테 오는 편지가 벼락이 떨어진 것만큼 충격적이던 때도 있었는데, 어느샌가 나도 모르게 네 편지를 당연하게 생각하고 있었나 봐. 그래서 네 편지에 답장 쓸 때 그냥 친구에게 답장을 보내듯 별생각 없이 썼는지도 몰라. 내가 얼마나 무신경했는지 나조차 내가 원망스러울 정도야.

몇 번이나 네 편지를 읽고, 고민하고, 다시 읽다 답장 써. 너는 답장하지 않아도 된다고 했지만, 하지 않을 수가 없었어.

네 편지를 곰곰이 읽어 봤는데 말이야. 내가 하고 싶은 말은, 그러니까…… 그게 전부 다 사실이니? 만약에 정말 그렇다면…… 음, 그러니까 내 말은……

미안해.

내가 경솔했어. 진심으로 사과할게. 그리고 네가 정말 답답한 상황에 놓여 있다는 사실도, 네가 집을 나가고 싶어 하는 것도 충분히 이해할 수 있을 것 같아.

정말 너희 아빠가 엄마에 대해 아무것도 알려 주지 않는 거야? 이해가 안 된다. 딸이 엄마에 대해 알아야 하는 건 당연한 거야. 설사 돌아가셨다고 해도 알 건 알아야지. 너희 아빠가 그걸 숨기고 있다니까 좀 이상하긴 하다. 아니, 누가 봐도 이상해.

저기 있잖아. 너희 엄마가 살아 계신 건 아닐까? 아빠랑 엄마 사이가 너무 안 좋아서 알려 주지 않을 뿐인 거지. 그게 아니면, 혹시 너희 엄마가 널 원하지 않았을지도……. 아니, 내 말은 네가 싫어서라기보다 어떤 이유가 있을 수도 있지 않을까, 뭐 그렇다는 거야. 기분 나쁘게 들렸다면 미리 사과할게. 어쨌든 우리가 상상도 할 수 없는 뭔가가, 은밀한 비밀이 있다는 건 확실한 것 같아.

넌 지금 화가 나서 토라져 있겠지만, 그래도 한 번만 내 얘기 좀 들어 봐.

이렇게 다른 세계에 사는 우리가 편지를 주고받는다는 건 우리에게 특별한 뭔가가 있다는 뜻일지도 모르잖아. 그런 의미에서 내가 널 조금 도와주는 건 어때?

나는 네 입장에서 과거에 살고 있잖아. 그러니까 네가 너희 부모님에 대해 알려 주면 내가 너희 부모님을 찾을 수 있을 것 같거든. 잘 생각해 보니까 서로가 서로를 위해 할 수 있는 일이 무궁무진한 것 같아.

나는 과거 속 너희 부모님을 찾아서 너희 엄마의 비밀을 밝히고, 넌 내 미래에 도움을 주고.

예를 들면 금맥이 터지는 데가 어디인지 알려 준다든지, 드래곤볼이 어디에 떨어져 있는지 알려 준다든지, 살아 있는 용을 만나게 해 준다든지…….

뭐, 그게 어렵다면 그냥 편하게 학력고사 시험문제를 알려 주는 방법도 있어.

너랑 누가 더 불행한지 대결을 하고 싶은 생각은 추호도 없지만, 네가 네 이야기를 솔직하게 해 줬으니 나도 내 이야기를 좀 해 볼까 해.

우리 집이 완벽하게 평범한 집이라고 했지? 평범하다는 말이랑 완벽하다는 말이 어울리는지 모르겠지만, 네가 생각하는 '평범한 집'이 다정다감한 부모님에, 가끔씩 싸우긴 하지만 정 많은 언니, 돈이 많지는 않지만 그럭저럭 먹고살 만한 집, 뭐 그런 거라면 우리 집도 완벽하게 평범한 집이라고 할 수는 없어.

나는 태어나던 순간부터 부진아였어. 그렇다고 진짜 부진아라는 건 아니야. 수학을 조금 못하고 구구단 때문에 나머지 공부를 한 기억이 있기는 하지만 그 정도 가지고 부진아라고 할 순 없지.

우리 엄마는 모든 기준을 우리 언니로 두고 있어. 불행의 시작이지. 우리 언니, 진짜 재수 없어. 언니는 단 한 번도 1등을 놓쳐 본 적이 없어. 심지어 운동도 잘하고 얼굴도 예쁘다니까. 이해는 안 되지만 친구들한테 인기도 많더라고. 근데 성격은 엄청 더러워.

언니는 나랑 돌고래랑 아이큐 검사를 하면 내가 더 낮을 거라고 생각해.

언니 입장에선 내가 이해 안 되겠지. 언니는 학급 반장은 물론 선생님들 사랑까지 독차지하니까. 학교에서 선생님이 날 부르는 이름이 뭔 줄 알아? '조세미 동생'이야.

살아가면서 꾸준히 비교당하는 기분이 어떤지 아니?

나는 첫걸음마를 뗄 때부터 비교를 당했어.

'어휴. 우리 세미는 10개월에 걸었는데, 은유는 12개월이 넘어

서 간신히 걸었다니까.'

뭐 이런 식이지.

나, 엄마한테 칭찬 좀 받겠다고 미친 듯이 공부한 적 있거든. 근데 아무리 해도 언니 발끝도 못 따라가. 내가 100점을 받아 가면, 언니는 전 과목 100점을 받아 오니까.

태어나서 제일 많이 들은 말이 '언니 반만큼이라도 해 봐라.'야.

우리 엄마는 차별과 비교 전문가에, 가식 분야에서는 거의 박사급이야. 엄마 친구들이 집에 오면 우리 집에 자식이라고는 언니뿐인 것처럼 굴어. 나는 인사만 꾸벅하고 방에 콕 틀어박혀 있거나 아예 집을 비워야 하지.

언니 생일에는 케이크에 바나나에 나이키 운동화까지 사 주면서, 내 생일에는 바나나는커녕 선물도 안 줘. 난 언니 쓰던 것만 물려받아. 만날천날 내 운동화는 멀쩡하니까 더 신을 수 있대. 오죽하면 내가 시멘트 바닥에 앉아서 신발 밑창을 갈았겠냐고.

그래서 내가 선택한 일이 뭐냐고? 우리 집 문제아 역할. 막말하기, 말 안 듣기, 기대감 뭉개 버리기 뭐 그런 거지.

그래도 난 내가 언니보다 백배는 더 낫다고 봐. 잠자리 안경도 내가 훨씬 잘 어울리고, 앞머리 뽕도 내가 훨씬 잘 넣으니까. 〈인디안 인형처럼〉 춤도 내가 백배는 잘 춰.

우리 아빠?

아빠는 마음이 약해서 친구들한테 만날 돈만 뜯겨. 고향 친구며, 학교 동창이며 돈이 필요한 사람은 죄다 아빠를 찾아와. 걸어 다니는 은행이라고나 할까. 누구든 어려운 사람에게 돈 빌려드립니다, 받을 생각은 없습니다, 계란이 왔어요 아저씨처럼 온 동네 방네 떠들고 다니기라도 했나 봐.

사실 지난겨울에도 아빠가 고향 친구한테 돈 빌려주는 바람에 한바탕 난리가 났었거든. 아빠가 빌려준 돈이 우리 집 연탄 살 돈이었대. 덕분에 연탄 아껴 쓰느라고 한겨울을 아주 꽁꽁 얼어붙은 채 지냈어. 방 안에 있어도 입김이 폴폴 났다니까.

하여간 한마디로 정리하자면, 나는 못생긴 데다 머리도 나쁘고 집도 가난해. 말하려고 하면 끝도 없는데 이 정도만 할게.

이 얘기를 듣고도 우리 가족이 부럽다면 너한테도 다른 가족이 있다는 사실을 알려 주고 싶어.

바로 나.

내가 네 언니 해 줄게.

넌 날 언니로 인정하고 싶은 마음이 없다지만 내 나이가 올해 열여덟 살이고, 다음에는 나이를 더 먹어 있을 테니까 어쨌든 언니는 언니잖아.

나 같은 언니가 어디 있니? 얘기도 들어 주고 고민도 척척 해

결해 줄 예정이고.

그래. 아까도 말했지만 내가 네 고민 해결해 주려고 마음먹었어. 너한테 네 엄마가 어떤 사람이었는지 알 권리가 있다고 생각하거든. 너희 아빠가 너희 엄마를 숨기는 이유가 뭔지는 모르지만, 그 비밀 한번 파헤쳐 보자.

내가 너희 엄마 찾아 줄게.

찾아서 너희 엄마가 어떤 사람이었는지, 어떻게 돌아가셨는지, 너한테 비밀로 하는 게 뭔지 알아낼 거야. 그게 가능한 일인지, 올바른 일인지 판단이 잘 서지는 않지만, 한번 해 보자.

내가 어디서 읽었는데, 사람의 인생에는 똑같은 양의 행운과 불행이 있대. 지금 네가 불행하다면 앞으로 너한테 펼쳐질 미래는 행운으로 가득 차 있다는 거지.

어쩌면 너랑 내가 서로 연결되어 있다는 사실을 알게 된 그 순간부터, 우리에게 믿을 수 없는 행운이 시작됐는지도 모르겠다.

1990년 3월 20일

이름 똑같은 언니가

19

이름 똑같은 '언니'에게

지금 안녕이라는 말이 나와? 그동안 내가 우편함을 몇 번이나 뒤진 줄 알아?

좋아. 쿨하게 말할게. 편지 기다리느라 죽는 줄 알았어. 지난번에 답장하지 말라던 건 절대 진심이 아니었다고.

내가 좀 쏘아붙였다고 답장까지 늦게 보내냐, 치사하게. 편지 안 오는 줄 알고 내가 얼마나 쫄았는 줄 알아? 그때 그렇게 편지 보내고 얼마나 후회했는데……. 나는 늘 이게 문제야. 한번 화가 나면 마음에 없는 말까지 마구 쏘아 대야 직성이 풀리나 봐. 미안해.

그나저나 정말 고등학생이야? 얼마 전까지만 해도 초딩이었는데 벌써 고등학생이라니. 으. 뭔가 이상해. 그럼 이제 정말 언니라고 불러야 하는 건가?

오케이. 그까짓 거.

언니.

열 살짜리였던 애한테 언니라고 불러야 한다니까, 좀 억울했는데 막상 해 보니까 별것도 아니네 뭐. 어차피 언니는 나보다 훨씬 옛날에 태어난 사람이니까, 언니가 열 살 때든 열여덟 살 때든 늘 나보다 '언니'잖아.

그리고 이런 말 좀 느끼하지만 언니 편지 읽는 거, 좀 좋아. 기다리는 것도 좋고. 언니랑 나는 얼굴도 모르고, 고작 편지 몇 번 주고받은 게 전부잖아. 근데 꼭 오래전부터 알고 지낸 것 같은 기분이 든단 말이야.

언니랑 편지를 주고받으면서 조금씩 나를 돌아보게 돼. 언니를 포함한 세상 모두가 자라나는데 나만 이 자리에서 입술을 부루퉁하게 내밀고 머물고 있다는 느낌이 들어서, 이제 불만이라는 걸 조금 줄여 보면 어떨까 생각하는 중이야.

사실 내가 사는 세계는 이렇게 오랫동안 편지를 기다릴 필요가 없어. 카톡 보내는 데 몇 초면 돼. 그렇다 보니까 화내고, 짜증 내고, 그때 기분 그대로 아무렇게나 말했던 것 같아.

그래서 습관처럼 언니한테 편지 쓸 때도 막 쏘아붙였나 봐. 카톡은 금방금방 답이 오거든. 심지어 상대방이 내 글을 읽었나 안 읽었나 확인도 할 수 있다니까. 근데 이 편지는 완전 느려 터져 가지고 답장 한번 받으려면 일주일에서 2주일은 내내 기다려야 돼. 심지어 그 안에 딱 도착한다는 보장도 없고. 그러니까 내가 안 미치고 배겨?

기다리고 기다리다 보니까, 내가 너무 심했나, 왜 그랬지 후회도 되고 고민도 되고 그렇더라.

있잖아. 언니 편지를 읽는데 좀 울컥했어. 내가 막 못되게 굴었는데도 한 번 화내는 법이 없잖아. 괜히 내가 더 미안하게……. 진짜 내 언니 해 줄 거야? 이제 와서 딴말하기 없어. 한번 뱉었으면 끝이라고, 끝.

언니 말이 맞아. 나는 늘 나만 불행하고 나만 힘들다고 생각했어. 다른 애들이랑 나는 다르니까. 그래서 다른 사람이 힘들다는 말을 하면 그저 투정으로밖에 안 들리더라고.

내가 너무 바보 같았어. 언니가 어떤 생활을 하는지, 어떤 마음인지 아무것도 모르면서 무조건 언니 삶은 행복하다고 판단한 거, 진짜 미안해.

언니 얘기 들어 보니까 언니도 되게 힘들었을 것 같아. 그렇게 짜증 나게 완벽한 언니를 둔다는 건 상상도 안 가. 공부 잘하는 언니만 예뻐하는 엄마라니, 언니야말로 가출을 생각해 봐야 하는 거 아냐? ㅋㅋ

가출 얘기가 나와서 말인데, 언니가 내 가출, 아니 독립을 걱정하고 있다는 거 잘 알아.

근데 그렇게 걱정 안 해도 돼. 나쁜 놈들이 내 근처에 얼씬거리도록 내가 가만히 놔둘 것 같아?

그리고 언니가 걱정하는 것처럼 문제가 되는 일은 절대 안 할게. 그냥 내 또래 친구들보다 조금 빨리 독립한다고 생각해 주면 안 될까? 나 벌써 준비도 하고 있어. 알바도 구하고 있고.

지난번에 말했는지 모르겠지만 난 베이커리랑 카페에서 일해 보고 싶어. 거기서 커피 만드는 법도 배우고 빵 만드는 법도 배울 거야. 좋아하는 일을 하면서 돈도 벌고 완전 일석이조인데, 문제는 거기서 날 알바로 쓸 생각이 없다는 거지.

내가 꿈 얘기 했었나?

내 꿈이 카페 여는 거거든. 메뉴도 다 생각해 놨어.

커피는 물론 에이드랑 프라페도 만들 거야. 가격은 저렴하면 좋겠지? 외로워하는 사람들에게는 내 행복한 쿠키를 공짜로 나눠 줄 거야. 공짜니까 크게는 못 만들고 오백 원짜리 동전만 하게 만들면 될 것 같아. 언니가 나한테 준 행운의 동전 크기로. ㅋㅋ 오, 그러고 보니까 이름도 행운의 동전 쿠키가 좋겠다. 언니 땡큐.

가게는 하얀 페인트로 칠할 거야. 아니다. 흰색은 청소하기 힘들다고 할머니가 그러더라. 그럼 검정색으로 해야 하나? 검정색은 너무 칙칙해 보이지 않을까? 좀 더 고민해 봐야겠어.

언니. 내 꿈이 왜 카페 주인인 줄 알아? 사실 이 얘기 하면 진짜 쪽팔리는데 언니니까 말해 주는 거야.

아빠가 늦게까지 일하는 날이 많아서 어릴 땐 대부분 시간을 할머니 집에서 보냈거든. 근데 난 할머니 집에 있는 게 싫었어. 할머니가 만날 나만 보면 불쌍하다면서 혀를 끌끌 차니까.

그때부터 난 나한테 좀 잘해 주면, 내가 불쌍해서 그런가 싶어서 짜증 나더라고. 전에도 말했잖아. 학교 가서도 엄마 있는 척했었다고.

초등학교 4학년 때였나. 할머니한테 아빠가 늦어도 안 무서우니까 우리 집에 가서 혼자 자겠다고 한 적이 있어. 나도 이제 다 컸다고, 할머니 도움 없어도 된다고 바락바락 우겨 가며 처음으로 나 혼자 잤는데…… 그날 밤 오줌을 쌌어.

자다가 오줌이 마려워서 깼는데 화장실을 못 가겠는 거야. 무서워서. 변기가 날 잡아먹는 것도 아닌데 뭐가 그렇게 무서웠는지 벌벌 떨었어. 참다가 참다가 결국 쌌지 뭐.

자존심에 할머니랑 아빠한테는 죽어도 말 못 하고 오줌 싼 이불을 말려서 덮었어. 며칠 지나서 할머니가 왔는데, 모를 수가 없었겠지. 내 방에서 지린내가 진동을 했으니까.

할머니가 오줌을 쌌으면 말을 해야지, 미련하게 덮고 있니, 어쩌니 하면서 혀를 차는데, 아빠도 뭐라고 한마디 할 줄 알았어.

화를 내든, 날 불쌍해하든 뭐라고든 할 거라고. 근데 우리 아빤 그냥 쳐다만 보더라. 아무 말도 안 하고.

언니. 애가 혼자 자다가 무서워서 오줌을 쌌다고 그러면 모르는 사람도 안됐다고 하지 않아? 근데 어떻게 아빠라는 사람이 한마디도 안 할 수 있어? 그땐 진짜 이해가 안 되더라. 근데 나중에 알겠더라고.

아빠의 침묵은 앞으로도 계속 날 혼자 두겠다는 의미였던 거야.

그 이후로 아빠가 너무 늦게 들어오는 날에는 나도 모르게 오줌을 싸. 죽기보다 싫은데 나도 모르게 싸는 거야. 그래도 할머니 집엔 가기 싫더라. 무슨 오기가 났는지 악착같이 버텼어.

설마 나 밤에 오줌 싼다고 무시하는 거 아니지? 의사 쌤이 야뇨증은 그냥 병이랬어. 감기 같은 병.

그리고 요즘은 그런 실수 안 해. 비법을 알아냈거든. 신기하게 자기 전에 초콜릿이나 달콤한 쿠키를 먹으면 절대 실수 안 한다?

그래서 내가 카페를 하겠다는 거야. 쿠키며 케이크며 실컷 먹을 수 있으니까. 게다가 카페에는 사람들이 많잖아. 외롭다고 굳이 말 안 해도 누군가는 문을 열고 들어오니까. 날 혼자 두지 않을 거고.

여기까지가 내 이야기야. 내 꿈을 알고 있는 사람은 이 세상에 나를 제외하고는 오직 언니뿐이고. 이 정도면 우리도 조금 특별한 사이가 된 건가?

이제 우리 얘기를 좀 해 볼게.

언니가 그런 생각을 하고 있을지 몰랐어. 과거에서 우리 엄마를 찾는다니. 한 번도 상상해 보지 못한 일이거든. 정말 언니가 우리 엄마를 찾을 수 있을까?

어쩌면 엄마가 살아 있을지도 모르고, 그래서 나한테 엄마에 대해 알려 주지 않는 걸지도 모른다는 언니의 말을 듣고 처음으로 다른 생각을 해 봤어. 내가 할 수 있는 상상의 한계는 엄마의 죽음까지였거든.

그러고 보니까 의심되는 일이 있어. 어릴 때 가끔 우리 집으로 이상한 편지가 오곤 했거든. 영어도 아니고 이상한 말이 써진 항공우편이었는데 그 편지를 받을 때면 아빠 얼굴이 뭐랄까, 화나 보인다고 할까 슬퍼 보인다고 할까. 하여간 이상했어.

6학년 여름방학이었을 거야. 아직도 똑똑히 기억나. 가끔씩 오는 그 편지가 너무 궁금해서 몰래 뜯어 봤거든. 편지 안에는 건물이랑 공원 사진이 인쇄된 엽서가 들어 있었어. 그리고 거기에 '은유 잘 부탁하네'라는 짧은 글이 써져 있었어. 맞아. 분명히 내 이름이었어.

아빠한테 어디서 온 편지냐고, 왜 내 이름이 쓰여 있는 거냐고 물으려고 했었어. 결론적으로 말하면 입도 뻥긋 못 했지만.

편지가 뜯겨진 거 보고 아빠가 기겁을 했거든. 아빠가 너무 그러니까 허락 없이 열어 봤다고 혼날까 봐 잔뜩 쫄았었어.

그러고 나서는 한 번도 그 편지를 못 본 것 같아. 내가 발견하기 전에 먼저 치워 버리는 건지, 아님 편지가 더 이상 오지 않은 건지는 모르겠지만.

그 뒤로 완전히 잊고 살았는데…… 혹시 그게 엄마 편지였을까?

이상하지. 난 아무리 해도 엄마가 살아 있다는 상상이 잘 안 돼. 언니는 우습게 느껴질지 모르겠지만 나는 여전히 아빠가 의심스러워.

내 이마에 흉터가 하나 있거든. 할머니 말로는 어렸을 때 내가 넘어지면서 생긴 상처래. 근데 우리 아빠는 이 상처 얘기만 나오면 어쩔 줄 몰라 해.

어쩌면 내 이마를 이렇게 만든 게 아빠일지도 몰라. 내 이마에 상처를 만든 것처럼 엄마도 어떻게 했을지 모르고.

있잖아. 언니가 우리 엄마를 찾으려면 적어도 엄마 이름이 뭔지는 알아야 찾을 수 있을 텐데, 저번에도 말했지만 나는 우리 엄마에 대해 아는 게 없어.

엄마를 찾는 건 거의 불가능하겠지만, 언니가 나를 위해 그런 마음을 먹었다는 것만으로도 고마워. 진짜 진심으로. 언니가 내 이야기를 들어 주는 것만으로도 충분해. 그것만으로도 벌써 엄마를 찾은 것처럼 든든하고.

아. 좋은 소식 하나.

언니가 날 위해 그런 생각을 해 줬으니 나도 언니한테 멋진 선물을 하나 보내. 그래. 언니가 그렇게 노래를 부르던 학력고사 기출문제야. 참고로 이걸 구하려고 사흘 동안 온 인터넷을 헤맸다는 거 알아줘. 그 옛날 학력고사 기출문제를 찾아내다니. 클래스 진짜 지리지 않아?

이걸 받고 좋아서 소리칠 언니를 생각하니까 내 기분이 다 좋다. 이번에는 기필코 언니네 언니 코를 납작하게 누르고, 언니네 엄마가 더는 언니를 무시하지 못하게 만들어 버려.

꼭 성공하길 바라.

2016년 5월 1일

언니가 생겨서 든든한 은유가

20

고통과 시련을 준 은유에게

안녕, 잘 지냈니? 네가 내 편지를 기다렸다니까 괜히 기분이 좋더라. 왜 지난번 편지가 늦게 도착한 건지 모르겠어. 분명 받자마자 바로 쓴 건데 말이야.

아무에게도 말하지 못한 네 속마음을 그대로 보여 줘서 고마워. 네 마음이 정말 편안해졌는지, 괜한 말을 한 건 아닐까 찝찝해졌는지 모르겠지만, 속에 있는 걸 가끔씩은 비워 주는 게 좋아.

가슴에도 마음을 담아 두는 공간이 정해져 있어서, 너무 많은 마음을 담아 두고 뱉어 내지 않으면 가슴이 빵 터질 것처럼 갑갑해지거든.

동생아. 네 편지를 받고 내가 얼마나 방방 뛰었는지 넌 절대 모를 거야. 방 문고리를 잡고 춤을 출 정도였으니까. 혹시라도 소리가 새어 나갈까 봐 베개에 얼굴을 파묻고 소리쳤지.

끼아아악!

세상에 나한테 이런 마법 같은 일이 진짜로 벌어지게 될 줄이야! 학력고사 문제가 내 손에 들어오다니!

네가 준 기출문제를 안고 달달 외우기 시작했어. 우리 엄마 아빠는 평생 공부를 멀리하던 내가 매일같이 책상에 앉아 있는 모습에 걱정까지 하더라고. 다시 귀신에 씐 건 아닌지, 내 머리가 어떻게 된 건 아닌지, 그것도 아니면 어떤 충격적인 일을 당한 건지. 물론 엄마의 안도의 한숨과 함께, 걱정은 일주일 만에 사라졌지만.

"이제 사람 좀 되려는 모양이야."

엄마는 내가 공부하는 모습을 보고, 비로소 날 '사람'으로 인정하기로 했나 봐.

이게 얼마나 아름다운 해피엔딩이니.

편지가 여기서 끝날 수 있었다면 얼마나 좋았을까. 하지만 난 끔찍한 신의 장난으로 고통과 시련을 마주해야 했지. 참고로 내게 고통과 시련을 준 신은 바로 너야.

동생아. 너 지금 장난치는 거지? 그렇지, 응?

그럴 거야. 제발 그렇다고 말해 줘. 네가 보낸 학력고사 시험지가 더 있다고 해 줘. 제발!

설마 일부러 이렇게 보낸 건 아니지? 난 1991년 학력고사가 아니라 1992년 학력고사를 친다고!

세상에. 내 평생 딱 한 번뿐일 기회가 이렇게 날아가 버리다니. 허탈하다 못해 누가 명치를 세게 친 것 같은 기분이야. 그것도 제일 믿었던 사람한테 한 방 제대로 맞은 기분이라고. 이런 게 믿는 도끼에 발등 찍힌다는 건가 봐.

다시 네 답장이 올 때까지 못해도 1년은 걸리겠지. 그 말은 즉, 내 학력고사는 몽땅 끝장났다는 뜻이고.

하느님! 부처님! 산신령님!

저한테 왜 이런 시련을 주시나요. 답만 외우면 되는 엄청난 기회를 이렇게 보낼 순 없어요.

차라리 아무것도 모를 때가 더 나았어. 엄청난 기회가 연기처럼 사라졌다는 사실을 깨닫는 순간 좌절감이 내 온몸에 덕지덕지 붙어 버렸다고. 심지어 공부도 안 돼. 으윽. 충격이 너무 커서 더는 쓰기 힘들다. 다시 편지할 때까지 잘 지내고 있어.

편지를 그만 쓸까 하다가 다시 써. 피가 거꾸로 쏠리고 손이 바들바들 떨리긴 하지만 어쩌겠어. 일이 이렇게 된 건 네 탓이 아니라 내가 어마어마하게 운이 없는 탓인 거지.

내 학력고사는 망쳤지만 우리의 계획을 망칠 수는 없잖아? 내가 널 돕겠다고 마음먹은 건 네가 학력고사 문제지를 보내 주겠다고 해서 그런 게 아니니까. 난 순수한 마음이었다고. 암 그렇고말고.

너희 엄마에 대해 아무것도 모른다고 했지? 그럼 너희 아빠 정보만이라도 넘겨. 내가 너희 아빠를 찾아서 지켜보다 보면, 언젠가 너희 엄마를 만날 거 아냐. 어때, 내 계획이? 이럴 때 보면 내 머리도 꽤 잘 돌아간다니까.

참, 그리고 어렵겠지만 너희 아빠가 엄마랑 어떻게 만나게 됐는지도 알아봐 줘. 그럼 너희 엄마를 찾는 데 훨씬 도움이 될 것 같아.

한 번도 사람을 찾아본 적이 없어서 잘해 낼 수 있을지 의문이긴 하지만, 어떻게든 되겠지. 네가 협조를 잘해 줘야 해. 알아낼 수 있는 건 몽땅, 모기가 피를 빨아 먹듯이 아주 쪽쪽 빨아 와야 한다고.

막상 너희 아빠를 찾아야 한다고 생각하니까 쬐금 무섭긴 하다. 네가 한 말이 모두 사실이면, 그러니까 네 상상이 모두 진짜면 어쩌지? 네 이마에 상처를 만든 것처럼 너희 엄마를…… 에이 설마. 아니겠지. 나 지금 초조해서 손톱 물어뜯고 있는 중이야.

그나저나 내가 너희 엄마를 너무 걱정한 나머지 너희 엄마 아빠 사이를 망쳐 놓으면 어쩌지?

"이봐요. 정신 차려요. 이 남자는 위험하다고요!"

내가 너무 멀리까지 나갔나? 적어도 너희 아빠를 만나서 '미래의 딸에게 잘 좀 해 주쇼!'라고 따끔하게 한마디쯤은 해 줄 수 있겠다.

뒷일은 이 언니한테 맡기고 넌 아빠 정보나 넘겨. 이 언니가 다 책임져 준다.

시간이 벌써 이렇게 흘렀네. 내 고등학교 생활도 이제 1년도 채 남지 않았어. 이 언니가 고등학교라는 걸 다녀 보니까 네 말이 생각나더라. 네가 사는 세계에선 중2를 중2병이라고 부른다고 했잖아.

미래 사람들 눈높이에 맞춰서 얘기하자면 고등학교 생활은 '고3암' 정도라고 생각하면 되겠다. 종일 책상에 앉아 있다 보면 온몸이 너덜너덜해진 기분이야. 고칠 수 없는 불치병 같은 생활의 연속이지. 그래도 네 편지 기다리다 보면 시간은 금방 가 있는 편이야.

다음에 네 편지가 왔을 때 이 지긋지긋한 고등학교 생활을 마무리하고 멋진 대학생이 되어 있었으면 좋겠어. 내가 대학이나 갈 수 있을지 걱정이긴 하지만.

그렇다고 널 원망하는 건 아니야. 오해는 하지 말아 줘.

몸 건강하게 잘 지내.

1991년 4월 12일

과거에서 학력고사 기회를 날려 버린 언니가

21

정말정말 미안한 언니에게

언니이!!!!!

맹세하는데 이건 진짜 계산 착오였어. 언니를 도와주려고 그런 거지, 약 올리려고 그런 거 절대 아니야. 믿어 줘. 진짜야.

아. 어떡해. 미안하다고 백 번을 말한들 무슨 소용이야. 벌써 일은 저질러졌는데. 나는 그냥 언니를 위해서 그런 건데 일이 이렇게 될 줄은 상상도 못 했단 말이야. 91년에 시험을 보니까 당연히 그때라고만 생각했는데. ㅜㅜ

언니 언니. 대박 사건!

방금 내 머릿속에 엄청난 아이디어가 떠올랐어. 학력고사 일을 한 번에 날려 버릴 기가 막힌 아이디어!

로또!!!!!!!!

언니, 로또라고 들어 본 적 있어? 하긴 없겠지. 2002년부터 이게 생겼더라고. 이게 뭐냐면 말이야, 번호 여섯 개를 맞히면 어마

어마하게 많은 돈을 주는 복권이야. 한마디로 '인생 역전' 복권이라고 할 수 있지.

새해가 되면 사람들이 떠오르는 해를 보면서 소원을 빌잖아? 그때 사람들 전부 두 손 모아 이렇게 빌어.

"제발 올해는 로또 하나만 맞게 해 주세요."

무슨 뜻이겠어? 로또는 그야말로 전 국민의 소원이다 이거지. 미성년자는 못 사지만 2002년이 되면 언니는 어른이 되고도 남았을 테니까.

내 말 무슨 말인지 알지?

참고로 1회 로또 1등 당첨자는 없었대. 하지만 이제 그 주인공이 생기게 되겠지, 바로 언니 말이야! 내가 언니를 2002년 최초의 로또 당첨자로 만들어 줄게. 그러니까 이걸로 학력고사 일은 좀 봐주면 안 될까?

당첨금이 얼마인지 잘 몰라서 2회 당첨금을 찾아봤는데 1등이 무려 이십 억이었어. 언니, 이십 억이라고. 학력고사가 중요한 게 아니었어. 언니가 슬슬 부러워지기 시작할 정도야. 나한테 그 많은 돈이 있으면 뭘 하고 살까? 나중에 나 만나면 조금 떼어 줄 거지?

지금 당장 로또 번호를 알려 주고 싶지만 언니는 로또가 뭔지도 모르고 어떻게 하는 건지도 모르잖아. 괜히 다른 사람 귀에 들어가기라도 하면 큰일 난단 말이야. 나만 믿고 기다려.

지난번에 언니가 엄마를 찾아 주겠다고 했을 때 누가 내 뒤통수를 내려친 것 같은 기분이었어. 정신을 잃을 정도로 아찔해하고 있는데 누가 내 귀에 대고 이렇게 소리치는 거야.

"이 바보 멍청아! 이제 알았냐! 이제 비밀 따위는 다 끝장난 거야."

그제야 정신이 번쩍 들더라고. 그래. 언니와 편지를 주고받게 된 건 결코 우연이 아니야. 이건 하늘이 준 기회라고. 난 엄마의 비밀을 풀고, 언니는 인생을 바꾸고.

잘 부탁해 언니. 내가 진짜진짜 잘할게.

우리 아빠 정보를 알려 달라고 했지?

있잖아. 언니한테 아빠에 대해 이야기를 하려니까 좀 기분이 이상해. 언니가 살고 있는 세계에서는 아빠가 스무 살도 안 됐을 거란 사실을 깨달았거든.

언니는 언니네 아빠가 젊었던 시절에 대해 상상해 본 적 있어? 난 한 번도 없어. 아빠가 젊었던 시절을 상상하는 건 뭐랄까, 내가 늙은 모습을 상상하는 거랑 비슷한 기분이라고나 할까.

막상 언니에게 말해 주려고 하니까 내가 얼마나 아빠에 대해 잘 모르고 있었는지 놀랄 정도야. 아빠만 나한테 노관심인 줄 알았는데 나도 만만치 않았나 봐. 서로에 대해 이렇게 관심이 없는데 우린 어쩌자고 아빠와 딸이 된 걸까.

내가 아빠에 대해 알고 있는 거라고는 집 앞 마트 아주머니도 알고 있는 정도가 다야. 키가 크고 자동차 회사에 다니고 퇴근이 늦다는 정도? 요즘엔 연애하느라 가끔 웃기도 하지만(이 점에 대해서는 겁나 소름 돋아.) 평소엔 돌처럼 거의 표정에 변화가 없어.

그래도 다행인 건 내가 마트 아주머니보다 훨씬 아빠를 오래 알았다는 점이고, 나한테 할머니 할아버지라는 비장의 무기가 있다는 사실이지.

이름 송현철.

1973년에 서울에서 태어났어.

대한대학교를 졸업했고 지금은 자동차 회사에 다니고 있어. 언니가 우리 아빠를 알면 진짜 안 어울린다고 소리를 질렀을 텐데.

왜냐고? 우리 아빠 운전 못하거든. 어쩌다가 자동차도 없는 사람이 자동차 회사에 다니게 됐나 몰라. 할머니 말로는 좋아하던 것도 돈벌이가 되면 싫어하게 된대. 어쩌면 예전에는 아빠도 자동차를 좋아했을지도 모르지.

키는 187센티미터, 몸무게는 100킬로그램. 어느 정도인지 상상이 안 될까 봐 덧붙이는데, 셔츠를 입으면 단추와 단추 사이가 입을 벌릴 정도야. 특히 배가 볼록 튀어나왔어. 근육이라고는 요만큼도 없고 전부 다 올 지방 덩어리야.

내가 아는 아빠는 이게 전부야. 너무 빈약하지? 내가 생각해도 좀 그렇더라고. 고작 요만큼 알려 주고 아빠를 찾아 달라는 건 사막에서 우물 찾아 달라는 거랑 비슷할 거 아냐. 그래서 내가 언니를 위해 노력이라는 걸 좀 해 봤어.

"아빠 학교 다닐 땐 어땠어요?"

용기 내서 아빠에게 물어봤거든. 이 말 하려고, 뻥 안 치고 진심 삼백 번은 연습했을 거야. 언닌 뭐 그리 대단한 질문이라고 연습씩이나 했냐고 하겠지만 나랑 아빠는 좀…… 뭐랄까 우린 너무 어색한 사이거든.

질문을 하고 나서 얼마나 얼굴이 빨개졌는지 몰라. 내 말을 씹으면 어쩌지, 그게 무슨 상관이냐고 물으면? 알아서 뭐 하려고 그러냐고 그럼 뭐라고 대답해야 되지? 오만 생각이 다 들었다니까. 다행히 내가 걱정한 일들은 일어나지 않았어.

오히려 아빠는 내가 아빠의 어릴 적 이야기를 궁금해하는 게 신기했나 봐. 그게 뭐가 신기하냐고 되물으니 아빠가 이렇게 말하는 거야.

"네 또래 여자애들은 무슨 생각을 하는지 궁금했거든."

아빠는 여자아이를 '키워 본 적'이 없어서 여자애들은 어떤 데 관심을 갖고 자라는지 늘 궁금했대. 그때 내가 무슨 생각을 했는지 알아?

아빠는 아빠가 처음이겠지만 나도 딸은 처음이에요.

서로 처음인 사람끼리 잘 지내보면 좋을 텐데, 처음이기 때문에 우리는 서로에 대해 여전히 알지 못해.

그리고 아빠가,

처음으로,

엄마 이야기를 꺼냈어.

아빠 입에서 엄마라는 말이 나오는 순간 가슴이 덜컹 내려앉는 기분이었어. 심장이 얼마나 두근거리는지 얼굴에서도, 손가락에서도 뛰는 것 같았어.

우리 아빠가 엄마를 처음 만난 건 대학교 때였대.

중요한 건 이 이야기를 하면서 아빠가 수줍게 웃었다는 거야.

믿겨? 우리 아빠가 '수줍게' 웃었다고.

꼭 사랑에 빠진 사람처럼, 엄마가 눈앞에 있기라도 한 것처럼. 꼭 봄에 막 피어나는 꽃봉오리 같았어. 웃기지? 마흔도 훨씬 넘은 아저씨 얼굴에서 웬 꽃봉오리?

그런 아빠를 보고 있자니 자꾸만 질문이 하고 싶어지는 거야.

송은유 입도 벙긋할 생각 하지 마. 절대 물어보면 안 돼. 이렇게 다짐했는데 나도 모르게 입 안에서 맴도는 말을 뱉어 버리고 만 거 있지.

"아빠는 엄마가 더 좋아요, 지금 만나는 아줌마가 더 좋아요?"

맞아. 언니가 지금 생각하는 그대로야. 최악 중의 최악의 대사였지.

방금까지만 해도 봄 같던 분위기가 한순간에 얼음장으로 변하고 말았어. 아빠 얼굴에 피어났던 꽃봉오리는 잿빛이 되어 툭 떨어졌어. 그리고 끝.

그다음부터 아빠 입은 열리지 않았어.

예전 같으면 아빠의 굳게 닫힌 입이 무서웠을 텐데, 이번엔 별로 무섭지 않더라. 먼 과거에 있긴 하지만 언니가 내 편이라고 생각하니까 괜찮았어.

아빠에게 다시 옛날이야기를 들으려면 시간이 꽤 걸릴 것 같아.

노력을 한다고 했는데 별로 알아낸 게 없어서 미안. 아무래도 할머니 집에 다녀와야겠어.

언니. 다시 한번 고마워.

2016년 5월 10일

미래에서 은유가

22

굳게 믿는 동생에게

끼아악!

인사고 뭐고 이번은 그냥 넘어가자. 네 안부 묻는 것보다 더 급하게 물어야 할 일이 있으니까.

이십, 이십, 이십 억이라니! 내가 네 편지 받고 얼마나 소릴 지른 줄 알아? 우리 엄마가 불이라도 난 줄 알았다고 내 등짝을 어찌나 세게 후려치던지. 근데 하나도 안 아프더라.

정말로 그 로또라는 게 그렇게 엄청난 복권인 거야? 준비하시고, 쏘세요! 주택복권보다 훨씬 좋은 거 맞지?

아니, 내가 꼭 복권 때문에 너희 아빠랑 엄마를 찾겠다는 건 아니지만. 그래도 학력고사 기회도 날렸는데 미래에 사는 아이랑 연락하고 지내면서 뭐 딱히 얻을 것도 없고…… 그러니까 내 말은……

내가 무슨 수를 써서라도 너희 엄마 아빠를 찾아내겠다는 거지! 무슨 수를 써서라도!

솔직히 말하면 네가 학력고사 시험지를 다시 보낼까 봐, 혹시라도 네 편지가 다른 때보다 일찍 도착할까 봐 늘 마음 졸이며 지냈어. 어떻게 하면 네 도움을 받아 시험을 쳐 볼까 궁리하다 정신을 차려 보니 대학생이 되어 있더라. 물론 우리 언니처럼 좋은 학교에 가진 못했지만, 우리 부모님은 꽤나 만족하셔.

"어이구, 저거 대학이나 가겠나 했더니, 어디든 들어간 게 어디야."

뭐 이런 거지. 가끔은 기대감이 없는 것도 인생에 도움이 되더라니까.

고등학교 때랑 비교하자면 대학교 생활은 천국이야. 여긴 파라다이스라고!

대학생의 생활에 9시 이전 스케줄은 존재하지 않아. 더 환상적인 건 수업에 빠져도 아무도 뭐라고 하지 않는다는 거야.

완전 내 세상이지.

새벽부터 일어나서 자정이 되기 직전까지 책상에 머리를 박고 있을 필요도 없어. 물론 대학생까지 돼서 고등학교 생활을 연장하는 지독한 공부쟁이들도 있기야 있지. 하지만 그건 어디까지나 선택이라는 거야. 그래, 맞아. 정확히 이거야. 대학생과 고등학생의 차이는 선택을 할 수 있느냐 없느냐의 차이인 거지.

고등학교 땐 공부를 하고 싶은 애나, 공부가 죽기보다 싫은 애나 똑같이 앉아서 공부를 해야 하잖아? 근데 여긴 수업도, 동아리도 전부 다 내가 원하는 대로 하면 돼.

대학에 딱 입학하잖아? 그럼 신이 질문을 해.

공부를 원하는가? 그럼 공부를 하거라.

바른 세상을 원하는가? 그럼 거리로 나가거라.

연애를 원하는가? 미팅을 하거라.

당연히 나한테도 신의 질문이 왔지. 나는 마음껏 놀고 싶다고 했고 신의 대답은 간단했어.

"무엇 하고 있느냐, 당장 놀거라!"

요즘은 잔디밭에 앉아 신승훈과 015B 노래를 들으면서 진정한 자유를 느끼고 있어. 대학 생활로 나도 몰랐던 내 모습까지 알 수 있게 됐다니까. 내가 음주가무에 얼마나 능한지 알면 너 코피 터질걸? 덕분에 숙취와 엄마의 잔소리가 조금 날 괴롭히긴 하지만, 이로써 고등학교 3년의 지옥 같던 생활을 모두 보상받는 느낌이야.

미래의 학교생활은 다르려나? 하긴 네가 사는 세계는 무려 21세기니까 지금이랑은 차원이 다르겠지. 거긴 어떠니?

넌 어때, 잘 지내고 있는 거야?

그나저나 너희 아빠가 대한대학교에 다녔다고?

너희 아빠, 공부 좀 했구나. 안 봐도 뻔하다. 종일 공부만 하고 살았겠네. 그러니 딸 마음도 모르지. 에휴 문제가 심각하다. 벌써 지치는 것 같아.

내가 우리 언니를 겪어 봐서 아는데, 공부만 하는 애들은 지들이 제일 잘난 줄 알아. 그래서 내가 걔네들이랑 친하게 안 지내는 거야. 앞뒤가 콱 막혀서는 공부가 인생의 전부인 줄 아는데, 공부 못하면 막 무시하고……. 그래 맞아, 사실 내 친구 중에 대한대에 붙은 사람 한 명도 없어. 그 잘난 언니마저도 대한대에 떨어진 걸 보면 말 다 했지 뭐. 그러니 너희 아빠가 대한대에 다닌다는 말을 듣고 내가 얼마나 막막했겠니. 이 상황에서 어떻게 너희 아빠를 찾을 수 있을까, 머리를 굴려 보다가 그냥 확 저지르기로 했어.

무작정 대한대학교에 쳐들어갔거든. 미쳤지 진짜. 내가 무슨 정신으로 거기까지 간 걸까? 야. 거긴 우리 학교보다 곱절은 크더라.

편지를 쓰면서 다시 생각해 봐도 진짜 어이없는 생각이었던 것 같아. 근데 그땐 정말 너희 아빠를 찾을 수 있을 것 같았거든.

너희 아빠만큼 키가 큰 사람이 흔한 건 아니잖아? 게다가 뚱뚱하기까지 하다니까 대한대학교에 가기만 하면 눈에 확 들어올 거라고 생각했어. 근데 아무리 찾아도 그런 사람은 보이지 않는 거야. 이 사람이 그 사람 같고 눈이 팽글팽글 돌더라니까. 그때서야 깨달았지.

'아. 너희 아빨 찾을 수 있는 확실한 단서는 이름밖에 없구나.'

고작 이름 하나만 가지고 거길 갈 생각을 하다니. 아무래도 우리 부모님 말이 맞나 봐. 나 진짜 멍청하지 않니? 그리고 하루 종일 캠퍼스를 돌아다니면서 깨달은 건데, 너희 아빠 이름이 생각보다 흔한 이름이라는 거야.

내가 캠퍼스 안을 헤매고 있으니까 불쌍해 보였던지 어떤 사람이 다가왔어.

"신입생이세요?"

뭐, 이 학교 신입생은 아니지만 나도 신입생은 신입생이니까 그렇다고 했지.

"어디 찾고 있어요?"

이렇게 묻는데 뭐라고 대답을 해야 할지 모르겠는 거야.

"건물을 찾는 건 아니고요. 사람을 좀 찾고 있는데요. 혹시 송현철이라고 아세요? 키 크고 좀 뚱뚱한데."

그랬더니 그 남자가 이상한 표정을 지으면서 알긴 안다고 하더라고.

오. 이게 웬일이야.

나는 얼른 그 남자한테 송현철에게 데려다 달라고 했어. 꼭 만나야 할 일이 있다고. 그랬더니 친절한 남자가 알겠다고 하더라고.

"저 따라오세요."

교문 입구에서부터 세 번째 건물 동이었을 거야. 거기서부터 작은 동산을 넘고 연못을 지나, 잔디밭을 밟고 드디어 도착했지. 엄청난 모험이었다고 가슴에 손을 얹고 말할 수 있어.

처음 보는 남자가 나 때문에 험한 길을 걷는데 미안해 죽겠더라고. 그래서 다음에 커피나 한잔 사겠다고 했지. 거기까진 좋았어. 사실 그 남자 약간 신승훈도 좀 닮은 게, 꽤 다정하고 멋있었거든.

"커피도 좋지만 시간 되시면 제 얘기 좀 들어 주세요."

어머. 신승훈 닮은 남자의 얘기라니. 그런 거라면 하루 종일도 들을 자신이 있었어. 문제는 그다음 말이었지만.

"인상이 참 좋으세요. 복도 많아 보이시고. 조상신을 잘 받들면 복이 오기 마련이거든요. 집에서 제사 잘 모시죠?"

젠장. 말로만 듣던 '도를 아십니까'였어. 그 뒤로 얼마나 많은 복과, 제사와 조상과, 도에 대해서 들어야 했는지 넌 상상도 못할 거다. 귀가 나가떨어지기 직전에야 송현철을 만날 수 있었지.

홈페이지 www.munhak.com
카페 cafe.naver.com/mhdn 북클럽 bookclubmunhak.com
트위터 @kidsmunhak 인스타그램 @kidsmunhak
문의전화 (02)3144-3237(편집) (031)955-3576(마케팅)

문학동네청소년은 넓고 깊게 세상을 만나는 십 대들의 책입니다.
나의 가치와 우리의 가치가 어우러지는 세상을 향해 나아갑니다.

001 **우리들의 아름다운 나라** 김진경 장편소설

002 **순간들** 장주식 장편소설

003 **어떤 고백** 김리리 소설

004 **손톱이 자라날 때** 방미진 소설

006 **불량 가족 레시피** 손현주 장편소설

007 **괴물, 한쪽 눈을 뜨다** 은이정 장편소설

009 **날짜변경선** 전삼혜 장편소설

010 **오, 나의 남자들!** 이현 장편소설

011 **도둑의 탄생** 김진나 장편소설

012 **검은개들의 왕** 마윤제 장편소설

013 **괴담** 방미진 장편소설

016 **상큼하진 않지만** 김학찬 장편소설

017 **그치지 않는 비** 오문세 장편소설

018 **수다쟁이 조가 말했다** 이동원 장편소설

019 **플레이 플레이, 은하고** 김재성 장편소설

020 **아는 척** 최서경 장편소설

021 **흑룡전설 용지호** 김봉래 장편소설

025 **청소년을 위한 나는 말랄라**
말랄라 유사프자이·퍼트리샤 매코믹 지음

026 **숲의 시간** 김진나 장편소설

027 **변두리** 유은실 장편소설

028 **창밖의 아이들** 이선주 장편소설

029 **싸우는 소년** 오문세 장편소설

030 **소년소녀 진화론** 전삼혜 소설

035 **테오도루 24번지** 손서은 장편소설

036 **멧돼지가 살던 별** 김선정 장편소설

037 **나의 슈퍼히어로 뽑기맨** 우광훈 장편소설

038 **구달** 최영희 장편소설

039 **세계를 건너 너에게 갈게**
이꽃님 장편소설

042 **체리새우: 비밀글입니다**
황영미 장편소설

043 **B의 세상** 최상희 소설

056 모범생의 생존법 황영미 장편소설

나쁘지 않은 성적, 그건 이 세계를 견디기 위한 최소한의 보험 같은 거야.

『체리새우: 비밀글입니다』 작가 황영미의 새 청소년소설. '모범생'이라는 이름으로 뭉뚱그려지는 전교 N등들을 위한 일상 생존 매뉴얼이 담겼다. 본격적인 수험 생활에 진입하는 시기, 열일곱 살의 봄을 맞이한 아이들의 일상 분투기를 만나 보자.

2022 어린이도서연구회가 뽑은 청소년책

057 훌훌 문경민 장편소설

과거를 싹둑 끊어 내면, 나의 내일은 가뿐할 텐데.

과거와의 단절을 선언하며 독립을 꿈꾸던 열여덟 살 유리가 곁의 사람들과 연결되어 가는 과정을 그렸다. 마음과 마음은 연결될수록 가벼워지기도 하는 것. 버거운 덴 각자의 이유가 있을지라도, 가뿐해지는 방법은 어쩌면 하나뿐일지 모른다.

제12회 문학동네청소년문학상 대상 | 2023 원주 한 도시 한 책 | 제14회 권정생문학상 수상작
2024 전남, 양주, 완주 올해의 책 | 2024 올해의 수성북

060 얼토당토않고 불가해한 슬픔에 관한 1831일의 보고서

조우리 장편소설

소수는 특별해. 아주 단단한 숫자들이지. 넌 소수처럼 단단해질 거야.

5년 전 7월 19일, 동생 혜진이가 사라지고 1831일이 흘렀다. 맙소사, 모든 숫자가 소수잖아! 기이한 우연이 겹치는가 싶더니 마침내 혜진이를 목격했다는 증인이 나타난다. 그래, 말도 안 되는 슬픔이 불쑥 덮쳐오는 게 인생이라면, 그 슬픔을 견디게 하는 선의 또한 불쑥 찾아올 수 있는 거야.

061 오늘의 인사 김민령 소설

오늘의 교실은 15도 정도 각도를 튼 것처럼 느껴졌다.
어쩌면, 오늘의 내가 살짝 기울어져 있는지도.

허리를 삐끗하기 전엔 내 허리가 제대로 붙어 있는지 생각해 본 적이 없었어. 먼지는 늘 여기에 있지만 햇빛이 비치지 않으면 보이지 않지. 나나가 결석한 오늘 나는 그 어느 때보다도 많이 나나를 생각했어. 만약 내가 없으면, 그 빈자리는 어떻게 보일까? 청량하고 애틋하게 오늘의 다름을 알아채는 일곱 편의 이야기.

2023 문학나눔 선정도서

062 노파람이 아르바이트를 그만둔 날 허진희 장편소설

그 아르바이트, 해 볼게요. 저에겐 집을 떠나 보고 싶은 이유가 있거든요.

『독고솜에게 반하면』으로 문학동네청소년문학상 대상을 받은 허진희 작가의 두 번째 장편소설. 열일곱 살의 겨울방학, 노파람은 숙식 제공 아르바이트 제안을 받고 집을 나선다. 세상의 눈을 피해 운영되는 식당, '헤븐'으로. 난생처음 가족이란 울타리를 벗어난 노파람은 무엇을 마주하게 될까.

2024 아침독서 추천도서

063 고요한 우연 김수빈 장편소설

나는 네가 궁금해졌어. 아주 많이.

교실에서 늘 돋보이는 아이 '고요', 조용하지만 어쩐지 궁금해지는 아이 '우연'. 매일 밤 나랑 익명으로 대화를 나누는 이는 정말로 두 사람 중 한 명인 걸까? 온라인과 오프라인 세계를 넘나들며, 달의 뒷면처럼 영영 볼 수 없을 것만 같았던 누군가의 이면이 차츰 드러나기 시작한다.

제13회 문학동네청소년문학상 대상 | 2023 올해의 청소년교양도서 우수선정도서
제1회 신구문화상 | 2024 양주, 대구 올해의 책 | 2024 아침독서 추천도서

064 너를 위한 B컷 이금이 장편소설

**오늘도 타인의 SNS 속 A컷에 '좋아요' 하셨습니까?
잘라 버린 B컷의 진짜 이야기**

선우는 서빈이의 유튜브를 편집하면서 서빈이를 실제보다 더욱 매력적인 인물로 연출한다. 하지만 영상 편집 중에 삭제했던 장면들이 어떤 사건의 일부였음이 밝혀지고, 선우는 자신이 이 일을 몰랐다고 할 수 있을지 고민에 빠진다. 이금이 작가는 누구나 자기를 편집해 보여 줄 수 있는 SNS 시대의 명암을 예리하게, 그러면서도 사려 깊게 비춘다.

2023 문학나눔 선정도서 | 2024 아침독서 추천도서 | 2024 구례, 구로 올해의 책

065 착륙할 때 박수를 엘리자베스 아베체도 소설

우리의 결말은 단단한 땅에, 함께, 무사히 닿는 것

카네기 상 · 내셔널 북 어워드 수상 작가의 경이로운 운문소설. 실제 일어난 대형 참사를 모티브로 수년간의 치열한 취재 끝에 쓴 이야기이다. "죽음 이후에 거침없이 까발려지고 만 사람들의 커다란 비밀"을 중심에 놓았다. 상실과 애도에 관한 이야기인 동시에 가장 가까운 이들조차 몰랐던 비밀에 대한 이야기.

2020년 뉴욕 타임스 베스트셀러 | 굿리즈 초이스 어워드 청소년소설 부문 수상
전미도서관협회 선정 청소년소설 TOP 10

066 여름을 한 입 베어 물었더니 이꽃님 장편소설

가장 눈부시게 찬란할, 우리의 열일곱 번째 여름

한없이 뜨거운 여름날, 서로에게 강한 끌림을 느낀 것이 시작이었다. 그 아이의 아픔을 알아보면서, 난생처음 지켜 주고 싶다는 마음이 싹트면서 두 아이는 그동안 알려 하지 않았던 자신의 이야기에 처음 직면한다. 고통스럽기만 할 줄 알았던 이번 여름이 마침내 '가장 찬란하고 벅찬' 둘의 여름이 되기까지.

2023 올해의 청소년교양도서 추천도서 | 2024 전라남도교육청장성도서관, 남원시공공도서관, 포천, 나주 올해의 책 | 2024 서점인이 뽑은 올해의 책

068 내 정체는 국가 기밀, 모쪼록 비밀 문이소 소설

**"난 22세기가 재밌을 것 같아.
내 표고버섯이 세상을 구할지도 모르지."**

인공지능이 나를 덕질한다면? 21세기를 방문한 22세기 인간이 은근히 손이 많이 가는 스타일이라면? 내 옆의 그가 감쪽같이 정체를 숨긴 외계 생명체라면? 내 집 문을 두드린 이가 가출한 반려로봇이라면? 우주의 광막함을 유머와 다정으로 방울방울 채운 한낙원과학소설상 수상 작가, 문이소의 첫 SF 소설집.

정확히 말하자면 '송현철 교수님'을 말이야.

머리가 허옇게 세셨더라.

내가 얼마나 당황스러웠는지 짐작이 가니? 오죽하면 연구실 창문 밖으로 뛰어나가고 싶더라니까. 바로 그때 '로또'가 생각났어.

쪽팔림은 잠깐이지만 돈은 영원하다! 마음속으로 수십 번 외치고 또 외치면서 또다시 여기저기 물어보고 다녔어. 그 결과 드디어 다른 송현철을 찾을 수 있었어.

이번엔 교수님도 아니고 1973년생에 키가 큰 송현철이었어. 너희 아빠가 하는 일이 자동차 분야라고 해서, 자동차공학과나 기계공학 쪽으로 최대한 찾고 있었는데, 웬 미대생 한 명이 걸린 거야.

애초에 아닐지도 모른다는 생각으로 만났지. 확실히 아닌 것 같긴 했어. 너희 아빠 100킬로그램이 넘는다고 했잖아? 근데 그 남자는 홀쭉하더라고.

어쨌든 첫 만남은 엄청나게 어색했어. 일단 너네 아빠인지 아닌지 알아야 뭘 물어보든 너희 엄마랑 못 만나게 하든 할 거 아니겠어? 그래서 질문을 좀 했지.

"여자친구 있어요?"

"그건 왜 물으시는데요?"

"확인할 게 있어서 그러는데 그냥 묻지 마시고 대답해 주시면 안 될까요?"

난 더 이상 쪽팔릴 것도 없었거든. 오로지 네 생각만 했지.

"없습니다."

"그럼 다음 질문이요. 혹시 예전에 뚱뚱했다가 살이 빠진 적 있으세요?"

내 무례한 질문에도 너희 아빠 후보인 송현철이 빙그레 웃더라고. 그러곤 꽤 친절하게 대답해 줬어.

"아니요. 원래 살이 잘 안 찌는 체질이라서요."

여기까지 듣고 멈춰야 했어. 근데 내가 뭘 더 확인하고 싶었나 봐. 해서는 안 되는 질문까지 해 버렸거든.

"혹시 미래에 딸을 낳을 생각이 있나요?"

그 남자 완전 까무러치더라. 내가 같이 딸을 낳자고 말하기라도 한 것처럼 말이야.

생각해 봐.

만약 얼굴도 모르는 남자가 찾아와서 네 얼굴을 흘기고, 미래의 아이 이야기를 한다면 어떨 것 같아? 당연히 소름 돋고 무섭겠지. 그 송현철도 그랬어. 아주 무서워하더라고.

"대체 누구신데요?"

"그건 말씀해 드릴 수 없고요. 그쪽은 제가 찾는 사람이 아닌 것 같네요. 실례했습니다."

그러고 성큼성큼 걸어 나왔지.

그 송현철은 너희 아빠가 아닌 게 분명했으니까.

무뚝뚝하지도 않았고, 뚱뚱하지도 않더라고. 오히려 다정다감하고 반듯한 이목구비에 손가락이 곱고 길쭉한 게 공부만 했을 것 같은 전형적인 도련님 스타일에 가까웠지. 무엇보다 자기 딸한테 무관심한 데다 덜컥 새엄마를 데려올 것처럼 보이진 않더라.

그 남자는 웬 미친년이 왔다 갔다고 생각했을지도 모르겠지만. 어쨌든 이렇게 두 번째 도전도 실패로 돌아갔어.

너희 아빠를 찾았다는 편지를 쓰고 싶었는데, 이 정도 정보로 너희 아빠를 찾는 건 무리인가 봐. 설마 내가 대한대학교에 다니는 송현철을 모두 만나길 원하는 건 아니겠지? 그런 게 아니라면 조금 더 노력해 줘야겠어. 사진이 있으면 더 좋고.

요즘 밤낮없이 대한대만 쫓아다니니까 친구들이 나더러 이상형이 대한대학교 학생이냐고 물을 정도야. 그게 아니라 만날 사람이 있다고 했더니 이번엔 짝사랑 중이냐고 놀림받는 중이지. 덕분에 얼굴도 모르는 송현철, 그러니까 너희 아빠를 졸지에 짝사랑하는 여자가 됐어.

그럼 나는 015B 노래나 들으면서 잘 준비나 해야겠다. 답장 줘.

이제는 우리가 서로 떠나가야 할 시간~ 아쉬움을 남긴 채 돌아서지만 시간은 우리를 다시 만나게 해 주겠지.

1992년 4월 25일

언니가

추신: 혹시나 해서 묻는데, 너희 아빠가 막 사나운 사람은 아니지? 주먹을 조금 쓴다거나 조폭이라거나, 어릴 때 운동을 좀 했다거나……. 그냥 혹시나 해서 물어봤어.

23

즐거운 하루를 보내고 있을 언니에게

언니 잘 지냈어? 먼저 좀 웃을게. ㅋㅋㅋ 아 배 아파.

언니도 진짜 대단하다. 어떻게 모르는 사람한테 딸 낳을 생각 있냐고 물어볼 수 있는 거야. ㅋㅋㅋ

요즘 기분 안 좋은 일만 있어서 진짜 우울했는데 언니 덕분에 한참 웃었어.

정말 대학 생활이 그렇게 좋아? 그러면 곤란한데. 사실 난 대학에 갈 생각이 없거든. 대학 등록금을 내는 대신에 그 돈으로 작은 카페를 차릴 거야. 요즘 같으면 좀 힘들 것 같긴 하지만.

벌써 세 번이나 알바 면접에서 탈락했거든. 미성년자라서 부모 동의가 필요하다나 뭐라나. 내가 아빠 동의를 얻을 수 있으면 용돈을 더 받지, 알바를 하겠냐고. 짜증 나, 진짜. 요즘 동의 필요

없는 알바를 찾느라 매일 인터넷만 뒤지고 있어. 사이트에 글 올라온 거 보니까 그런 데도 많다더라고.

그나저나 매일 술 먹고 노는 게 그렇게 좋아? 나는 술을 안 먹어 봐서 그런가, 잘 모르겠어. 티브이 보면 술 취해서 정신 놓고 이상한 짓 하는 사람들도 많던데. 집에도 못 찾아가서 길거리에서 아무렇게나 잔다든지, 친한 사람에게 실수를 한다든지 하는 일들.

그게 좋은 건가? 아무리 친한 사이라고 해도 예의를 지켜야 하는 거 아니야? 술이 떡이 돼서 실수하고 건강까지 해치면서 꼭 그렇게 먹어야 돼? 난 이해가 안 가. 그런 의미에서 술 좀 줄이는 게 어때? 잔소리라고 생각하겠지만 이게 다 언니를 위해서 하는 말이야.

실은 나, 얼마 전에 아빠가 예의를 지키지 않아서 엄청 화나는 일이 있었거든.

아빠가 나한테 말도 안 하고 그 여자를 우리 집에 초대한 거 있지? 심지어 그 여자한테 저녁밥을 차려 줬다니까. 그것도 장까지 봐 와서!

아, 생각하니까 또 짜증 나.

나, 그 여자랑 한판 붙었잖아. 그 여자도 내가 자길 싫어하는 걸 알고 있더라고. 그 여자 말이 아빠가 있을 때랑, 그 여자랑 단

둘이 있을 때랑 내 태도가 완전 다르대. 눈치 못 채려야 못 챌 수가 없다나. 참 나.

그래서 솔직히 말했어.

"맞아요. 저 아줌마가 싫어요."

"나도 너 별로야. 싸가지 없어서."

같이 잘 지내보자라든지, 하다못해 좋아지게 노력을 해 보겠다 뭐 이런 말을 해야 되는 거 아니야? 거기서 싸가지가 왜 나와? 더 웃긴 건 그다음 말이었어.

"저 싫어하면서 왜 우리 아빠랑 결혼해요?"

"나는 너희 아빠가 좋아서 결혼하는 거지, 너 보고 결혼하는 거 아니야. 너도 나중에 남자친구 생기면 알 거야."

그 재수 없는 표정을 언니가 봤어야 하는 건데.

"그런 표정 지을 거 없어. 어차피 넌 날 좋아하게 될 거니까."

이건 또 무슨 개소리냐고. 그래서 대번에 따져 물었지.

"제가 왜 아줌마를 좋아해요?"

"그런 게 있어. 곧 알게 될 거야."

그러곤 그 특유의 뻔뻔하고 가증스러운 표정을 지어 보이더라고.

"우리 서로 솔직해지자. 너, 나 싫어한다며. 나도 너 별로거든. 그럼 서로 억지로 좋아하는 척은 하지 말자."

누가 하고 싶은 말인데? 그 얘길 내가 먼저 했어야 하는 건데! 아직도 분이 안 풀려.

“걱정 마세요. 그러라고 해도 절대 안 그럴 테니까.”

내 말에 그 여자는 아무래도 좋다는 듯 어깨를 으쓱했어. 그러고 나서 혼잣말을 하듯 중얼거리는 거야.

“편지를 받고도 그럴까.”

언니. 맹세하는데 진짜야. 그 여자가 ‘편지’라고 말했어.

“무슨 말이에요?”

“뭐가?”

“방금 편지 어쩌고 했잖아요.”

“내가 그랬니?”

그 여자는 시치미를 뚝 떼며 그런 적 없다고 잡아뗐지만 내가 똑똑히 들었단 말이야.

그게 무슨 뜻이었을까? 설마 그 여자가 내 책상을 뒤져 본 건 아니겠지? 그랬기만 해 봐. 절대 가만히 안 있을 거야.

그건 그렇고 언니를 위해 좋은 소식을 준비했어. 지난번에 말한 대로 할머니 집에 다녀왔어. 할머니 할아버지는 내가 아빠 결혼 때문에 온 줄 아시더라고.

할머니가 내 눈치를 슬쩍 보긴 했지만, 할아버지는 아빠 결혼을 반기는 눈치야. 언제까지 혼자 살 수는 없다나. 그때 내 기분이 어땠는지 말 안 해도 알겠지?

할머니한테 아빠 어릴 적 이야기를 물어봤어. 할머니 말로는 아빠가 엄청난 장난꾸러기였대. 말 안 듣기로는 동네에서 제일이었다나. 고추장이며, 된장이며, 하여간 남아나는 장독이 없었대. 장독 깨뜨리고 그 안에 든 걸로 온 담벼락마다 낙서를 해 놨었대.

아빠가 짱구보다 더한 말썽쟁이였다니. 이 믿기 힘든 얘기를 들려주는 동안 할머니 입가에서 미소가 떠나지 않았어. 꼭 내가 아빠 이야기를 물어봐 주길 기다린 사람처럼 쉴 틈 없이 얘기하더라고. 어릴 적 아빠가 받아 온 상장들까지 전부 모아 두신 거 있지.

아빠 어릴 적 사진도 보여 주셨어.

홀딱 벗고 빨간 대야에 몸을 담근 어린 시절의 아빠부터, 할아버지에게 혼나고 눈물 콧물을 흘리는 아빠, 얼룩말 무늬 교련복을 입은 아빠, 거대한 어깨뽕을 하고 있는 젊은 할머니와 함께 찍은 졸업 사진까지.

아빠 사진을 보는데 기분이 좀 이상했어.

마음만 먹으면 내가 전혀 알지 못했던 아빠 모습을 알 수 있다는 걸 왜 난 몰랐을까.

할머니에게 받아 온 사진 중 언니에게 도움이 될 만한 사진을 보내. 언니가 우리 아빠를 못 찾은 게 당연한 거 있지. 세상에, 우리 아빠가 젊었을 때에 날씬했었더라고. 체크 남방을 입은 모습이 무지하게 촌스럽긴 하지만 생각보다 나쁘지 않았어.

아빠 사진을 찾으면서 혹시 그 사이에 엄마 사진이 있을까 봐 엄청 찾아봤는데, 역시나 없더라. 도대체 무슨 이유로 엄마 사진을 몽땅 치워 버린 걸까?

나 또 이상한 상상 한 거 있지.

사실 아빠는 여자공포증이 있는 거지. 여자를 만나거나 사귄 적이 없고 결혼한 적은 더더욱 없는 거야. 그러던 어느 날 아기 울음소리가 나서 달려 나가 보니 집 앞에 아기가 버려져 있었어. 물론 그 아기는 나고. 날 불쌍하게 생각한 아빠는 나를 키우기로 했어. 문제는 시간이 지날수록 아빠는 날 보고 웃어 줄 수 없었다는 거지. 여자공포증 때문에.

음. 내가 생각해도 제법 그럴듯한데?

문제는 왜 갑자기 이제 와서 아빠가 그 여자에게 마음을 홀라당 빼앗겨 버렸냐는 거야. 여자공포증이 사라진 걸까? 언니 생각은 어때?

아 맞다. 언니, 내가 사는 미래가 궁금하다고 했지?

2016년이 언니가 살고 있는 과거보다 더 좋다고 할 수 있을지 모르겠어. 난 과거에 살아 보질 않았으니까.

그래도 어른들이 "옛날이 좋았지."라고 말하는 거 보면 지금이 그리 좋은 건 아닌가 봐.

2016년 5월 20일

별로 좋을 것도 없는 미래의 은유가

24 미래의 동생에게

으아악! 그래. 이번 편지의 시작은 으아악이야.

후아 후아. 진정하자. 지금 생각해도 정신이 아찔해지고 오장육부가 뒤집어질 것 같지만 너한테 있는 그대로 사실을 전해 주기 위해서 침착해져 볼게. 찬물 먼저 한잔하고 와야겠다.

네 편지를 기다리는 동안 내가 뭘 했는지부터 얘기할게. 나는 네가 말하는 전혀 '좋은 것 같지 않은' 일을 주로 하고 다녔어. 술 먹고 친목을 도모하는 거지. 네 말이 맞아. 술을 먹다 보면 실수도 하고 정신도 놓고, 멀쩡할 때면 절대 못 할 일들도 많이 하게 돼.

근데 너, 이건 알아야 된다. 사람이 어떻게 만날 제정신만 차리고 사니? 세상이 온통 비정상적인 일들로 가득 찼는데. 그리고 실수도 가끔 해 줘야 사람들이랑 더 친해지는 법이라고. 암. 사람이 실수도 하고 그래야 인간답지.

그치만 아무리 그렇다 해도 내가 저지른 일은 너무 쪽팔린다.

사실 몇 달 전에 미팅을 했었거든. 아무래도 내가 외모가 좀 되니까…… 그래. 속이면 뭐 하겠니. 사실 맴빵으로 나간 거야.

그래도 거기서 제일 멋진 남자랑 내가 연결이 됐단 말이야.

어색할라치면 재미있는 농담을 하고, 근사한 목소리에 배려가 몸에 밴 다정한 남자였어. 그놈의 술만 아니었어도 지금쯤 뜨거운 사랑을 하고 있었을 텐데…….

글쎄 내가 술에 취해서 송현철을 찾아야 한다고 했다지 뭐니.

"송현철이요? 누군데 그렇게 애타게 찾아요?"

그 남자가 물었어. 그때 내가 뭐라고 답했는지 아니?

"내 로또요, 로또."

그 순간 내 친구 심장이 툭 떨어지는 것 같더래. 또 내가 미래는 어쩌고, 인생 역전이 어쩌고 하는 헛소리를 할까 봐 내 입을 틀어막았대.

"로또가 뭔데요?"

하지만 나는 내 친구의 손을 뿌리치고, 술이 떡이 된 채 소리쳤대.

"이쒸, 그건 알 거 없고! 송현철이 알아 몰라?"

그리고 그 남자 멱살을 잡고 흔들었대. 송현철 찾아내라고 소리치면서…….

으아악!

세상에 이것보다 잔인한 얘기 들어 봤니? 이거 〈별밤〉에 사연 보낼까 봐. 이문세 위로를 받으면 기분이 좀 나아지려나.

내가 이렇게까지 열심히 너희 아빠를 찾아 헤매고 있다는 거 믿기니? 나도 안 믿겨. 너무 안 믿겨서 차라리 전부 다 꿈이었으면 좋겠다.

술을 끊든가 내가 죽든가 둘 중 하나는 해야지. 아이고, 머리야.

이 끔찍한 상황에서 한 줄기 빛을 찾자면, 내 시간들이 열심히 네가 있는 세계로 달려가고 있다는 거야. 우리 집도 드디어 최첨단 컴퓨터를 샀다 이 말씀. 아빠가 취업하려면 컴퓨터를 할 줄 알아야 된다고 엄마를 설득해 준 덕분이지. 이 조그만 기계가 얼마나 똑똑한지. 대체 누가 이런 걸 만들었나 모르겠어.

엄마는 돈값 해야 한다고 벌써부터 내 취업 얘길 입에 달고 살아. 여자는 취업하기도 힘들다면서 벌써부터 준비하라고 잔소리가 한 바가지라니까.

그래도 난 다른 애들보단 상황이 좀 낫지. 네가 내 미래를 책임져 줄 테니, 난 열심히 너희 아빠를 찾는 일만 남았네. 너희 아빠를 찾으면 옆에 딱 기다리고 서서 너희 엄마를 만나는 거지.

네가 사진을 보내 줬으니, 이제 금방 찾을 수 있지 않겠어? 앞으로 대한대학교 안에서 살다시피 해야겠다. 그나저나 이 사진 속 인물 어쩐지 눈에 익단 말이야. 아마 대한대학교에 오가면서 봤었나 봐. 하긴 그렇기도 하겠지. 요즘은 우리 학교 가는 것보다 대한대에 더 자주 갈 정도니까.

다음 편지에는 너희 아빠를 찾았다는 내용으로 가득 차길 바라면서 이만 줄일게.

1993년 9월 17일

과거에서 쪽팔림을 달고 사는 언니가

추신: 그 여자, 새엄마가 되고 나면 너 괴롭히는 거 아니야? 네가 콩쥐가 되는 걸 두고 볼 순 없어. 내가 해 줄 수 있는 일이 뭐가 있을까. 그 여자를 찾아서 한 방 먹여 줄까? 너만 좋다고 한다면 난 자신 있어. 답장 줘.

25

고마운 언니에게

드디어 컴퓨터가 생긴 걸 축하해! 옛날에는 인터넷 없이 어떻게 살았던 거야? 지금 내가 사는 세계는 인터넷에 정복당했다 해도 틀린 말이 아니거든. 외계인이 지구를 침략하려면 먼저 인터넷부터 정복해야 할 거야. 일단 인터넷만 외계인 손에 들어가면 노예가 되겠다는 애들이 줄을 설 테니까.

여긴 벌써부터 지독하게 더워. 지구가 녹아내리고 있기라도 한가 봐. 언니가 말하던 멸망이 코앞으로 다가온 느낌이랄까. 요즘 같으면 밖에 나가기 딱 싫어. 땀 나는 거 아주 질색이거든. 그래도 언니 편지 읽고 나니까 속은 시원해진 것 같아. 언니가 과거 속 그 여자를 찾아가서 한 방 때려 준다는 상상만으로 박하사탕 먹은 것처럼 시원했어.

언니한테는 여러모로 고맙고 또 미안해. 나는 해 준 것도 없는데 언니는 우리 아빠 찾느라 창피만 당하고……. 나도 우리 아빠가 젊었을 때 날씬했을 거라고는 상상도 못 했어. 내가 조금만 빨리 사진을 구했어도 언니가 덜 힘들었을 텐데, 미안.

언니가 힘내 주는 만큼 나도 아빠를 알아내기 위해 요즘 첩보 영화를 찍고 있어. 아빠는 또 내가 엄마 얘길 물을까 봐 옛날 이야기만 나오면 입을 닫아 버려. 이러니 내가 이상한 상상 하는 것도 무리는 아니지. 그래서 내가 선택한 방법이 뭔 줄 알아?

그 여자를 이용하기로 했어. 그 여자가 입은 꽤 무거운 편이더라고. 내가 자길 싫어한다는 말을 아빠한테 입도 뻥긋 안 한 모양이야.

게다가 그 여자랑 나는 마음이 꽤 맞는 편이니까. 물론 여기서 마음이 맞는다는 말은 서로 말이 잘 통한다든가 호감이 생겼다는 의미는 절대, 죽어도 아니야.

아빠 앞에서 사이가 나쁘지 않은 척, 친해진 척 행동하다가 아빠가 없을 땐 가감 없이 서로 차갑게 군다는 점에서 어느 정도 손발이 맞는다는 거지.

사실 그 여자랑 내가 거래를 하게 된 건 신혼여행 때문이었어. 아빠가 그 여자랑 함께 신혼여행지를 고르는데 그 모습을 보고 있으니까 막 열이 뻗치는 거야.

그때 아빠가 찔리는 게 있는지 내 눈치를 보더라고. 그러고는 나보고 같이 가자는 거야.

아빠랑 같이 해외여행을 가 본 적 한 번도 없거든. 해외가 뭐야? 국내여행은커녕 엘리베이터도 같이 잘 안 타는데.

지난번에 새해맞이 어쩌고 하면서 바다 갔을 때도 오글거리고 어색해서 죽는 줄 알았거든.

어쨌든 아빠의 제안에 놀란 건 나뿐만이 아니었나 봐. 그 여자 얼굴이 똥 씹은 사람처럼 찡그려지더라고. 그러든지 말든지 내가 거길 왜 따라가겠어? 무슨 꼴을 보려고.

"너 진짜 우리 신혼여행에 따라오려고?"

아빠가 회사에서 걸려 온 전화를 받으러 잠깐 자릴 비운 사이 그 여자가 대뜸 묻는 거야. 같이 가자고 사정을 해도 같이 가 줄 생각 1도 없었거든. 근데 그 여자가 그렇게 말하니까 청개구리 심보가 튀어나오더라?

"안 돼요?"

"신혼여행이잖아. 신, 혼, 여, 행. 결혼한 부부가 떠나는 여행이라고. 거기에 네가 왜 끼어?"

얼마나 재수 없던지.

"전 미성년자잖아요. 신혼여행 일주일은 갈 거라면서요. 그럼 전 누가 보살펴 줘요?"

"누굴 보살펴? 네 나이가 몇 살인데."

“그래도 싫은데요.”

그 여자 표정을 언니가 봤어야 하는 건데. 화가 나서 손을 막 바들바들 떨더라고. 얼마나 개운하던지! 민트초코 먹은 줄. ㅋㅋ

“좋은 말로 할 때 그만둬.”

“싫다고 했잖아요.”

“넌 왜 금방 후회할 행동을 하니?”

“누가 후회를 한다는 거예요?”

“나한테 버릇없이 구는 지금 이 순간을 되돌리고 싶어질걸.”

“무슨 말이에요?”

“말했잖아. 너는 결국 날 좋아하게 되어 있다고.”

또 그 개소리! 내가 이 여자를 싫어하는 백만 가지 이유 중 하나가 바로 이런 거야. 근거도 없는 말을 당당하게 하는 거.

특히 그 표정! ‘넌 내 손바닥 안에 있어. 난 네가 무슨 생각을 하는지 다 알아.’라고 말하는 것 같은 표정 말이야. 이 여자가 그럴 때마다 내 기분이 얼마나 찝찝하고 더러워지는 줄 알아? 우산을 썼는데도 비에 홀딱 젖은 기분이야. 더는 참을 수 없었어.

“그때 했던 그 말, 무슨 말이에요?”

“뭐가.”

“지난번에 나한테 편지 어쩌고 했잖아요.”

이번에야말로 확실하게 해 둬야겠다고 생각했어. 더는 그 여자에게 휘둘리고 싶지 않았으니까.

그랬더니 그 여자가 입술을 꾹 다물더니 손으로 입술 지퍼를 닫는 시늉을 하는 거 있지.

그게 무슨 뜻이겠어? 뭔가를 알고 있지만 말하지 않겠다는 뜻 아니겠어? 그 여자가 언니와 나 사이의 편지에 대해 알고 있는 게 분명하다는 거잖아. 와. 지금 생각해도 짜증 나.

"어디까지 알고 있는 거예요? 우리 아빠도 알아요?"

"글쎄 난 네가 무슨 말을 하는 건지 모르겠는데."

늘 이런 식이야. 수수께끼를 하는 것도 아니고 한 번에 대답해 주는 법이 없어. 꼭 이렇게 내 속을 뒤집어 놔야 직성이 풀리나 봐.

"좋아요. 아줌마가 이런 식으로 나온다면 저도 보고만 있을 순 없죠."

"무슨 꿍꿍이야?"

"아까 신혼여행 어디로 간다고 했었죠? 하와이였나."

"너 지금 나 협박하니?"

그 여자가 눈썹을 찌푸리고 물었어. 내가 전쟁을 선포한다면 기꺼이 받아들이겠다는 표시였어. 하지만 난 그 여자랑 전쟁을 할 생각이 눈곱만큼도 없거든. 적과 말이 안 통한다고 전쟁을 하는 건 바보들이나 하는 짓이고. 현명한 사람은 적을 이용하지.

그래서 제안을 하나 했어.

"아줌마가 내 부탁을 들어주면 신혼여행 가는 거 다시 생각해 볼게요."

내 제안에 그 여자가 무슨 수작이냐는 듯 의심 가득한 눈초리로 날 쳐다보았어.

"우리 아빠에 대한 정보가 필요해요. 우리 엄마 정보도요."

"뭐?"

그게 무슨 개소리냐는 표정이었어. 그래서 새엄마가 생기기 전에 친엄마와 아빠 이야기를 알고 싶다고 했지.

"아빤 엄마에 대해 죽어도 얘기 안 해 주거든요."

"딸한테 안 해 주는 얘길 나한테 해 주겠니? 그것도 전처 얘기를?"

"싫음 말고요."

협상은 거기서 끝났어. 아빠가 돌아오고 있었거든. 얘기는 거기까지가 끝인 줄 알았는데 언니, 놀라지 마. 그 여자가 진짜 아빠 정보를 보내 줬다니까.

며칠 지나서 그 여자한테서 문자가 왔더라고.

'약속 지켜.'

짧은 문자였는데, 첨부파일이 따로 있었어. 파일 이름이 '송현철 전격 해부'인 거 있지. 파일을 열어 봤는데 클래스 지리더라니까. 절대 안 해 줄 것처럼 굴더니, 아빠에 대해서 PPT로 정리를 싹 해 놨더라고. 대박이지 않아? 진짜 대단한 여자야. 뭘 해도 상상 이상이더라니까.

이미 할머니에게 들어서 아는 내용이지만, 아빠는 어릴 적에 엄청난 말썽꾸러기였대. 중학교에 들어가고 나서부터 성격이 변했는데, 어릴 적 아빠를 알던 사람들은 완전히 딴사람이 됐다고 말할 정도였대. 그 여자 정보에 의하면 아빠 성격이 갑자기 변하게 된 게, 아빠가 외동아들이라서 사람들이 싸가지 없는 애라고 볼까 봐 조심하면서부터라나. 하여간 중학교 이후로는 그게 습관이 돼서 다른 사람을 배려하기만 하는 사람이었대. 나한테는 좀처럼 배려라는 걸 안 하지만.

놀라운 건 우리 아빠한테 운전면허증이 있다는 사실이야. 난 아빠가 운전을 안 해서 면허증도 없는 줄 알았거든. 옛날에 교통사고를 당한 적 있는데, 그다음부터 운전대에는 손도 안 대는 거래.

고소공포증이 있어서 무서운 놀이기구를 못 탄다는 부분에서는 엄청나게 화가 났어. 난 아빠랑 놀이동산 근처도 못 가 봤는데 그 여자는 아빠가 놀이기구를 못 탄다는 걸 어떻게 알았을까? 설마 데이트랍시고 놀이동산까지 다녀온 건 아니겠지? 으.

상상만 해도 싫다.

충격적인 건 아빠가 '다이어트'를 하고 있다는 거였어. 그래서 요즘은 저녁밥도 거의 안 먹는다잖아. 헐. 그 여자가 결혼식을 핑계로 아빠한테 살까지 빼라고 한 게 틀림없어. 그게 아니면 평생을 (적어도 내가 아는 한) 곰같이 살아온 사람이 갑자기 다이어트를 하겠다고 마음먹을 리 없잖아? 자기가 뭔데 살을 빼라 마라야? 아빠는 또 뭔데 그 여자가 빼라고 한다고 빼고 있는 거냐고. 하여간 다 마음에 안 들어.

아 맞다. 언니가 꼭 알아야 할 정보도 몇 개 있었어. 대학교 때 아빠가 컴퓨터 동아리를 했었대. 동아리 이름이 '도스와 윈도우'라는데, 언니가 아빠 찾는 데 도움이 될지 모르겠어.

가장 놀라운 정보는 우리 엄마가 대학 시절 아빠를 따라다녔다는 사실이야. 언니 믿겨? 엄마가 아빠를 졸졸 따라다녔대. 세상에! 우리 아빠 같은 남자가 뭐가 좋다고 따라다녔지? 물론 이 자료를 아빠한테 물어보고 만든 거라면 신빙성이 떨어지긴 하지. 확인해 줄 엄마가 없으니 진실을 알 수가 없잖아?

나머지는 쓸모없는 정보였어. 아빠가 소주를 좋아한다는 둥, 날 키우느라고 다른 여자는 한 번도 만나 본 적 없다는 둥 별로 안 궁금한 그런 이야기들.

그래도 정보가 나쁘지 않더라고. 그래서 그 여자랑 계속 손을 잡기로 마음먹었어. 나는 엄마와 아빠의 과거를 얻고, 그 여자는 지금의 아빠를 가지는 거지.

꽤 괜찮은 조건 아니냐? 그래서 우리 엄마에 대해서도 더 알아봐 달라고 했어. 엄마 사진까지 구해 주면 뭐든 다 들어주겠다고 했지.

당연히 좋다고 할 줄 알았는데, 그 여자가 눈을 게슴츠레 뜨면서 싫다고 하더라고. 하여간 뭐 하나 쉽게 가는 법이 없다니까. 그래서 그 여자가 좋아할 만한 이야기를 해 줬어.

내 독립 계획 말이야.

내가 나가면 아빠랑 단둘이 살게 될 테니까 좋아할 거라고 생각했거든. 근데 글쎄, 그 여자가 뭐라는 줄 알아?

"미안하지만 그건 안 되겠는데."

"어째서요? 내가 이 집에서 나가면 우리 아빠랑 둘이 행복하게 살 수 있잖아요."

"나 좋자고 가출 청소년을 만들 순 없지."

"누가 가출 청소년이라는 거예요?"

갑자기 왜 구질구질한 어른 행세를 하는 거냐고 따졌지. 설마 엄마 노릇을 하고 싶은 거냐고 물었어.

"그러고 싶은 생각은 눈곱만큼도 없지만 직업상 이유로 가출은 돕기 어렵겠는데."

"아줌마 직업이 뭔데요?"

"경찰."

헐.

나는 할 말을 잃은 채 입을 떡 벌리고 있어야 했어. 경찰한테 가출을 하겠다고 했으니 그리 좋은 상황은 아니더라고.

"지난번에도 말한 것 같은데."

"제가 아줌마한테 별로 관심이 없어서요."

최대한 침착해지기로 했어. 어쨌든 지금 당장 가출을 하겠다고 한 건 아니니까. 하지만 이 여자가 아빠한테 내 계획을 고자질하는 날에는 모아 둔 용돈을 몽땅 압수당하는 건 물론이고 최악의 상황에는 다시는 용돈을 받지 못할지도 몰랐어.

"그럼 한 번 더 설명해 줄게. 이번엔 나한테 관심 없어도 잘 새겨들었으면 좋겠다. 내가 주로 하는 일은 불량 청소년을 선도하거나, 가출 후 어려움에 처한 청소년을 돕는 일이야."

이번엔 내가 콧방귀를 뀌었어. 그놈의 가출 청소년은 무슨 어려움이 그렇게 많은지 몰라.

"가출 청소년한테 어떤 어려움이 있는데요?"

"성범죄, 인신매매, 장기매매, 그중에서 주로 성범죄 피해가 많지."

하! 이 아줌마 지금 나한테 협박하는 거 맞지?

"집 나간다고 다 범죄 피해자가 되는 건 아니죠. 그리고 전 가출이 아니라 독립이거든요."

"대부분은 열다섯 살짜리가 독립하는 걸 가출이라고 생각하고."

"다른 사람들 생각은 관심 없거든요. 아줌마도 저한테 관심 끄셨으면 좋겠고요."

최대한 건방지게 말했어. 나한테 진절머리가 나야 독립을 도와줄 테니까. 나랑 한집에 사는 게 직업상 양심을 버리는 것보다 훨씬 끔찍하다는 사실을 일깨워 줘야 했어.

"지난번에도 말했지? 후회할 말 하지 말라고. 난 네가 생각하는 것보다 훨씬 오래전부터 널 알고 있었어. 오랫동안 알다 보니 이젠 친구처럼 느껴질 정도거든. 내 친구가 나쁜 길로 빠지는 걸 두고 볼 순 없지. 게다가 넌 이제 곧 내 딸이 될 거잖아?"

오래전부터 날 알고 있었다니?

"무슨 말이에요?"

"말 그대로야. 미래의 딸아."

"와. 진짜 극혐. 15년을 살면서 들은 말 중에 제일 역겨운 말이네요."

"청소년들은 왜 감정 표현을 이런 식으로 하는지 모르겠어. 어휘력이 부족해서 그러니? 그런 거라면 책 읽기나 논술을 좀 배워

봐. 내가 아빠한테 말해 줄까?"

되는 일이 없어도 어느 정도여야지. 이 상황에 학원까지 늘리게 생겼어?

"하나만 물을게요."

"물어봐."

"아줌마는 우리 아빠랑 어떻게 만났어요?"

물론 그 여자에게 눈곱만큼이라도 관심이 있다거나 궁금해서 물어본 질문은 아니었어. 불리하게 돌아가는 분위기를 바꿀 필요가 있어서 그런 거지.

"그건 내 사생활이라 말하고 싶지 않은데."

맙소사. 사생활이래, 사생활. 그럼 그 여자가 내 방 뒤져서 언니 편지를 엿본 건 사생활 침해 아닌가?

"말하기 싫음 하지 마요. 난 아줌마 생각해서 한 말이었으니까."

"무슨 뜻이니?"

"나는 우리 엄마가 어떻게 돌아가셨는지 모르거든요."

"근데?"

"아무도 알려 주지 않아요. 사고로 돌아가셨다든가, 병으로 돌아가셨다든가, 분명하게 말해 줄 수도 있는데. 아빤 엄마 얘기만 나오면 굳어 버리거든요."

"하고 싶은 말이 뭐니?"

"엄마의 죽음에 어떤 비밀이 숨겨져 있을지도 몰라요."

이 부분에서 그 여자는 코웃음을 쳤어. 뭐랄까, 철이 덜 든 아이를 보는 어른 특유의 그 재수 없는 표정 있잖아.

"어쩌면 제 진짜 부모님이 따로 있을지도 몰라요. 제가 납치되거나 실종된 아이일 수도 있고요. 혹은 우리 아빠가 엄마를 죽이고 시체를 유기했을지도 모르죠."

풉!

그 여자가 웃음을 터트렸어. 세상에서 제일 우습다는 얼굴로 말이야.

"제 말 못 믿으시겠죠?"

"너 같으면 믿겠니?"

"우리 집에는 엄마 사진이 단 한 장도 없어요. 엄마 물건은 물론, 엄마를 떠올릴 만한 건 먼지만큼도 없어요. 할머니 집에도 마찬가지고요. 꼭 누가 일부러 없앤 것처럼요. 아빠는 집에 불이 나서 타 버렸다는데 그 말을 믿기엔 제가 너무 많이 커 버렸고요. 숨기고 싶은 비밀이 있지 않고서야 어떻게 사진 한 장도 없겠어요?"

그제야 그 여자도 수상쩍다는 생각을 했나 봐.

"너희 아빠가 고의적으로 엄마 흔적을 없앴다는 거야?"

"저희는 자주 이사를 가요. 짧으면 1년 길면 4년. 참고로 지금 살고 있는 집이 4년째고요. 왜 이 집에서 4년이나 살았는지 아세요?"

"글쎄."

"그건 내가 이 말을 안 했기 때문이에요."

"질질 끌지 말고 빨리 본론으로 들어가지?"

역시 경찰다웠어. 그 여자는 범인을 신문할 때처럼 단도직입적으로 말했어.

"아빠, 옆집 아줌마가 우리 엄마는 어디 있냐고 물어봐. 윗집 아줌마가 어쩌다 엄마가 죽었는지 궁금해해."

그 여자가 눈썹을 활처럼 휘었어. 입술은 앙다물어졌고, 날카로운 두 눈은 빨리 이야기를 뱉어 내라고 보챘어.

"주변 사람들이 엄마를 궁금해한다는 말 한 번이면, 늦어도 석 달 안에 이사해요."

"확실해?"

당연히 아니지. 일곱 살 때 이 집으로 이사 온 뒤로는 쭉 여기서 살았으니까. 그리고 무슨 북한에서 도망친 정보원도 아니고 그게 말이 돼? 하지만 그 여자에게 밀리고 싶지 않았어. 여기서 밀리면 끝장이니까.

"못 믿으면 어쩔 수 없고요."

내 말에, 그 여자 꽤 찝찝한 눈치였어. 그런데 그 여자가 갑자기 이런 말을 하는 거야.

"나도 질문 하나만 하자. 갑자기 왜 그렇게 엄마가 궁금해진 건데? 엄마를 알면 실망하게 될 수도 있잖아."

"어째서요?"

"그냥 그럴 수도 있다는 거야."

언니. 엄마를 알고 나면 실망할 수도 있는 걸까? 한 번도 그런 생각을 해 본 적 없어서 그 여자 말이 내 뒤통수를 후려갈기는 것 같았어.

엄마가 좋은 사람이 아니라면, 그래서 아빠가 엄마에 대해 비밀로 하는 거라면, 그런 거면 어쩌지? 그럼에도 여전히 엄마가 보고 싶다면 내가 이상한 걸까?

그 여자가 우리 엄마에 대해 알아봐 주겠다고 했어. 내 독립은 여전히 허용할 수 없다는 조건과 함께.

언니, 나 잘하고 있는 거 맞는 거지? 편지 기다릴게.

2016년 6월 10일

은유가

26

잘하고 있는 동생에게

편지 잘 받았어. 네 편지를 받고 보니까 또 시간이 벌써 이렇게 흘렀나 싶으면서, 작년에 일어난 사고가 생각나서 기분이 심란해져. 오래된 다리도 아니고 서울 한강에 있는 엄청나게 큰 성수대교가 하루아침에 무너졌어. 꼭 누가 폭탄을 터트리기라도 한 것처럼. 미래를 알고 있다고 해서 내가 할 수 있는 건 아무것도 없었어.

평소처럼 출근을 하다가 약속 장소로 나가다가 갑자기 다리가 무너져서 죽을 수도 있다는 생각을 단 한 번이라도 해 본 사람이 있을까?

하지만 이렇게 끔찍한 일도 점점 잊혀지고 있어. 나 역시 어느 순간부터 그 일을 잊고 지내게 됐으니까. 세상일이라는 게 어떻게 보면 참 잔인한 것 같아.

사람들 기억 속에서 잊힌다는 거 생각만 해도 우울해. 이렇게 내가 있었는데, 아무도 날 기억하지 않는다고 생각해 봐. 얼마나 쓸쓸하겠어. 너희 엄마도 똑같지 않을까.

네가 뭘 걱정하는지 알아. 근데 엄마를 알고 나서 실망할까 봐 미리 걱정하는 건 쓸데없는 기우라고 생각해.

그 여자가 한 말에 휘둘릴 필요 없어. 네가 원하는 모습을 하지 않았다고 해서, 네가 생각하던 엄마의 모습과 다르다고 해서 네 엄마가 갑자기 네 엄마가 아닌 게 되어 버리는 건 아니잖아. 그런 걱정을 하면서 살기엔 우리 삶이 너무 짧은 것 같다.

그리고 원래 가족이라는 게 항상 좋기만 한 건 아니야. 때론 밉고 때론 원망스럽기까지 한걸.

고등학교 때 우리 엄마 친구들이 집에 오기로 한 적 있었거든. 근데 자꾸 나더러 나가 있으라고 하잖아. 그래서 홧김에 소리쳤지.

"엄만 내가 부끄러워? 그렇게 부끄러우면 언니만 낳지 나는 왜 낳았어! 내가 태어나고 싶댔어?"

무려 열아홉 살 고'암'병에 걸린 소녀의 처절한 외침이었지. 우리 엄마? 기가 막히다 못해 어이가 없어서 입을 쩍 벌리고 있었어.

"나는 뭐 엄마 부끄러운 적 없는 줄 알아? 세수도 안 하고 동네 돌아다닐 때, 내 친구들 집에 왔는데 자다 일어나서 부스스한 모습으로 나올 때, 나는 엄마 안 부끄러웠는지 아냐고!"

화산이 폭발하듯, 내 속에서 부글부글 끓어오르던 용암이 터져 나왔어. 그길로 집을 나왔지. 그래서 속이 후련했냐고? 전혀.

더는 끓어오를 용암이 없을 줄 알았는데 딱 그만큼 또 끓어오르더라고. 죽어도 집에는 다시 들어가고 싶지 않았어.

몇 시간이 흘렀을까. 해는 지고 더는 놀이터에서 버틸 자신이 없는 거야. 그냥 집에 들어갈까 고민하고 있을 때 잘난 우리 언니가 찾아왔더라고.

"넌 가족이 뭐 엄청 특별한 건 줄 알지? 가족이니까 사랑해야 하고 이해해야 한다고 믿지? 웃기지 마. 가족이니까 더 어려운 거야. 머리로 이해가 안 돼도 이해해야 하고, 네가 지금처럼 멍청한 짓을 해도 찾으러 다녀야 하는 거야. 불만 좀 생겼다고 집부터 뛰쳐나가지 말고, 너도 엄마가 왜 그랬을까 생각하는 척이라도 해 봐. 최소한 너도 노력이라는 걸 하라고."

물론 지금 내가 적은 것보다 훨씬 많은 쌍욕과 살해 협박이 있긴 했었지. 그렇게 눈에 살기를 띤 모습은 처음 봤으니까.

어쨌든 내가 하고 싶은 말은, 가족이라고 해서 네가 원하는 모습대로 네 마음대로 되는 건 아니란 뜻이야.

어쩌면 가족이라는 존재는 더 많이, 더 자주 이해해야 하는 사람들일지도 모르지.

그나저나 그 여자가 너희 엄마에 대해 알아봐 준다고 했으니 조금만 더 기다려 보자. 이제 정말 내 임무가 완수될 날이 얼마 남지 않았어. 왜냐고?

두구두구두구!

내가 뭘 해냈는지 알아맞혀 봐.

드디어 너희 아빠를 만났어!

내가 너희 아빠를 만난 일이 얼마나 극적이었는지 들어 봐. 난 거의 사냥꾼이었어. 사냥감을 노리는 아프리카 맹수였다, 이거야! 무슨 일이 있었는지 지금부터 이야기해 줄게.

너도 알겠지만 우리 언니는 늘 완벽했잖아. 엄마 아빠에게 자랑스러운 딸이었고.

그랬던 언니가 완전히 무너져 버렸어. 물론 여전히 재수 없고 똑똑하긴 하지만, 천재 소리만 듣던 언니에겐 심각한 일이지. 왜냐고?

여기에 대해선 설명이 좀 필요해. 벌써 몇 년 전 일이지만 언니가 학력고사를 망쳤거든. 그 바람에 온 집안이 풍비박산이 났었어. 의대 법대는 따 놓은 당상이라던 우리 언니가 시원하게 쭈욱 미끄러졌으니까. 근데 정수 오빠 무려 법대에 철썩 붙었지.

우리 엄마? 머리 싸매고 드러눕고 난리도 아니었어. 근데 시름시름 앓던 엄마가 며칠 뒤에 벌떡 일어나서 예전처럼 밥 준비를 하더라고.

"엄마. 이제 괜찮아?"

"괜찮고 말고 할 게 뭐 있어. 그러고 누워 있으면 살림은 누가 하고. 집 안 꼴 좀 봐라. 며칠 청소 안 했다고 집구석이 말이 아니다. 너는 방 청소 좀……."

잔소리하는 거 보니까 벌써 다 나은 것 같더라고. 앓아 죽을 것 같더니 어떻게 하루아침에 멀쩡히 일어났을까?

정답은 다음 대답에 있어.

"너도 머리 아프게 공부할 거 없어. 여자가 아무리 똑똑해 봤자, 다 소용없어. 결혼 잘하는 게 장땡이야. 정수가 법대 갔다고 했지? 그럼 됐어. 판검사 와이프도 나쁘지 않지."

우리 엄마는 더 큰 그림을 그리고 있었던 거야. 진짜 대단하지 않니? 넌 기겁을 하면서 무슨 조선 시대에 사냐고 할지도 모르지만 솔직히 말해서 난 별로 놀랍지도 않은걸.

어쨌든 우리 엄마의 원대한 계획에는 아주 치명적인 문제가 생겼어. 내가 보면 안 되는 걸 보고 말았거든.

그날 친구를 기다리던 중이었어. 농구대잔치가 얼마 전에 끝났잖니.

참. 너 농구 좋아해? 내가 스포츠라면 무관심으로 일관하던 사람이었는데 농구는 다르더라고. 처음엔 우르르 몰려다니며 공이나 쫓는 걸 뭐 하러 보냐며 투덜거렸어. 하지만 경기장에 들어간 지 딱 20분 만에 완전히 빠져 버렸지.

스포츠!

땀에 젖어 달리는 순수하고 정직한 게임의 결정체! 잘생기고 키 큰 선수들이 큰 공을 한 손으로 덥석 잡아 내는 터프함까지! 농구는 진정 나를 위해 존재하더라니까.

작년에 한 〈마지막 승부〉보다 곱절은 더 재미있더라. 장동건이랑 손지창만큼 잘생긴 선수들은 없었지만, 실제 경기장에서 보는 농구는 드라마랑 비교도 안 돼. 지금 다시 생각해도 온몸에 전율이 돋는다! 말이 나와서 하는 말인데 이번 정규리그에서 결승전에 오른 팀이 누군 줄 알아? 무려 쟁쟁한 실업 팀을 제치고 고려대와 연세대가 올랐다니까. 마지막에 서장훈이 3초 남기고 역전골 넣는 걸 네가 봤어야 되는데. 온몸에 전율이 다 돋더라. 그 짜릿한 이야기를 하기 위해 친구를 만나기로 한 거야. 근데 이 기지배가 약속 시간이 훌쩍 지나도록 안 오는 거야. 근처에 공중전화가 있기에 8282 삐삐를 보내고 막 나오던 참이었어. 골목에서 우르르 사람들이 나오더라고. 근데 그 틈에 익숙한 얼굴이 보이는 거야.

누군가 봤더니 우리 언니 남자친구인 정수 오빠였어.

문제는 웬 여자가 정수 오빠 팔에 팔짱을 끼고 있었다는 거지.

근데 그 오빠는 싫어하거나 당황스러워하는 기색이 전혀 없었어. 오히려 입을 헤벌쭉 벌리고 웃고 있더라고. 그거 우리 언니를 두고 바람을 피우고 있는 거잖아. 이건 명백한 배신이라고! 도저히 두고 볼 수 없었지.

언니가 미치도록 좋아서도 아니고, 엄마가 또 앓아누울까 봐 걱정돼서도 아니었어. 솔직히 엄마가 앓아누웠을 때, 살짝 고소하단 생각도 했었거든. 우리 세미, 우리 세미 입에 달고 살더니 잘됐다. 뭐 그런 놀부 심보 같은 거.

그런데도 못 참은 거 보면 아무래도 내 몸에는 불의를 참지 못하는 피가 흐르는 게 분명해. 뭐, 약간의 오지랖도 섞여 있겠지만.

"어디 가나 봐요?"

그때 내 표정은 아마 〈경찰청 사람들〉에서 범인을 체포하기 직전의 형사처럼 보였을 거야.

"어, 어. 은유야. 네가 여긴 웬일이야?"

"그러게. 워낙 서울 바닥이 좁다 보니까 이렇게도 만나네요."

나는 정수 오빠와 찹쌀떡처럼 붙어 있는 여자를 노려봤어.

"선배, 누구야?"

그 여자도 뭔가 낌새가 이상했던지 정수 오빠한테 묻더라고. 근데 그 오빠가 뭐라고 한 줄 알아?

"응. 친구 동생."

허. 친구 동생이래. 내가 그냥 친구 동생이야? 여자친구 동생이지! 그 순간 인내심이 빠직 소리를 내며 깨졌어.

"요즘은 우리 언니 잘 안 만나나 봐요."

"어, 응? 아, 그게…… 내가 좀 바빠서."

다른 여자 만나느라 바쁘기도 했겠지. 왜 아니겠어?

"이 사람 때문에 바쁜가 봐요?"

"으응. 우리 동아리."

"아, 동아리. 무슨 동아리인데요?"

"어…… 컴퓨터 공부하는 동아리인데…… 저기, 우리가 조금 바빠서. 다음에 보자."

컴퓨터 나사 빠지는 소리 하고 있네. 어딜 그냥 튀려고?

나는 내 옆을 스쳐 지나가는 정수 오빠, 아니 그 개자식을 노려봤어. 그리고 그 순간 깨달았지.

대한대학교!

정수 오빠가 대한대학교 법대생이라는 게 떠오르더라고. 동시에 네 편지에 쓰여 있던 컴퓨터 동아리까지! 그 순간 무슨 생각을 하기도 전에 내 입에서 커다란 외침이 튀어나왔어.

"도스와 윈도우!"

용이 불을 뿜는 것처럼 소릴 질렀어. 내 목소리가 어찌나 컸는지 다들 멈춰 서서 나만 보더라고. 그때 나 완전 미친년처럼 보였을 거야.

"송현철 아는 사람? 송현철이요."

내 말이 끝나기가 무섭게 모두 한 사람을 쳐다보는 거야. 그 남자가 쭈뼛거리며 손을 들었어.

"제가…… 송현철인데요."

그다음 무슨 일이 일어났냐고? 우리 둘 다 소리를 질렀어.

기억나? 지난번 만났던 미대생 송현철. 그래, 그때 그 도련님 스타일! 딸 낳을 생각 있냐는 말에 기함을 쳤던 그 남자 말이야.

어쩐지 네가 보낸 사진이 낯설지가 않더라니! 그 송현철이 너희 아빠였어. 자동차 회사에 미대생이 다닐 거라고 생각지도 못했는데……. 순간 소름이 쫙 끼치면서 퍼즐이 딱 맞춰지더라. 아, 자동차 회사라고 해서 공대생만 다니는 건 아니겠구나, 그때서야 그 생각을 했다니까.

세상 참 좁지? 어떻게 정수 오빠랑 너희 아빠가 같은 동아리일 수 있니?

이제부터 넌 걱정할 거 하나 없어.

정수 오빠한테 도스와 윈도우에 가입하고 싶다고 했거든. 당연히 타 학교 학생이 대한대 동아리에 가입하는 건 힘들지. 하지만 나한테는 정수 오빠의 더러운 약점이 있잖아?

아마 다음 주쯤에는 나도 도스와 윈도우에서 활동하고 있을 거야. 기대해도 좋아.

1995년 2월 20일

첫 번째 임무 성공을 자축하며

과거에서 언니가

27

과거의 언니에게

진짜, 진짜 진짜지? 나 지금 온몸에 소름 돋은 거 알아? 언니 인정! 내가 우리 언니 인정한다!

언니가 정말로 아빠를 찾아낼지는 몰랐어.

어쩌면 우리 엄마를 찾는 게 진짜 가능할지도 모르는 거지? 이거 지금 실화 맞는 거지?

너무 좋아서 미칠 것 같아. 우리 엄마는 어떤 사람일까. 나랑 닮은 데가 있을까. 아빠랑 엄마는 어떻게 만난 걸까. 왜 엄마의 존재에 대해 모두 숨기는 걸까. 내 가슴속에 가득 차 있던 질문들이 하나둘 풀릴 거라 생각하니 믿기지가 않아. 뭘 어떻게 해야 할지 모를 정도로.

슬픈 소식 하나.

안타깝게 그 여자에게서 우리 엄마 사진을 찾는 건 무리라는 연락을 받았어. 시간이 더 필요하다나 봐. 그래서 내가 그냥 기다렸냐고? 천만의 말씀. 왠지 그 여자가 시간을 끌고 있다는 느낌이 들었거든.

그래서 최대한 서둘러 달라고, 결혼식도 얼마 안 남았는데 이런 식이면 나도 협조하기 어렵다고 강하게 밀어붙였어. 그 여자는 당연하다는 듯 내 문자를 씹었어. 내가 또 그냥 씹히고 있을 수는 없지.

무시의 대가가 얼마나 무서운지 보여 줘야 했어. 요즘 아빠가 나랑 잘 지내려고 애쓰고 있다는 말을 했던가?

그 여자가 심사숙고하느라 아직 고르지 못한 침대를 내가 골라 줬어. 인터넷 사이트에 있는 것 중에서 가장 레이스가 화려하게 달려 있는, 쪽팔림과 유치함의 극치를 달리는 침대 시트까지 특별히 골라 줬지. ㅋㅋ

그리고 이건 '시작'일 뿐이라는 경고의 메시지를 그 여자에게 보냈어. 당연히 침대 사진까지 첨부해서.

그랬더니 대번에 답장이 오더라고. 나더러 쪼지 말래. 한 번만 더 이런 짓을 하면 우리 사이에 있었던 거래에 대해 아빠에게 다 말하겠다고 협박까지 했어. 침대 일은 절대 잊지 않고 있다가 복수할 거라는 말도 덧붙여서 말이야.

그리고 나는 그 '복수'를 당하고 있는 중이야. 그 여자가 날 감시하고 있거든. 끔찍해. 지금도 그 여자가 우리 집이 꼭 자기네 집이라도 되는 것처럼 처들어와서 수박을 꺼내 먹고 있어.

어제는 더 끔찍한 일도 있었어.

나더러 가출이고 독립이고 하여간 이 집에서 나갈 생각은 꿈에도 하지 말라는 거야. 거기까진 예상했던 부분이니까 별로 놀라울 것도 없었어. 그냥 졸라 짜증 나는 정도였지. 문제는 그 여자의 다음 말이었어.

"이 사이즈는 너한테 좀 작지 않니?"

그 여자가 내 브래지어를 들고 그렇게 말하는데 그 자리에서 내가 얼마나 소릴 질렀는지, 언닌 절대 모를 거야. 악악 고함치면서 황소처럼 달려가서 그 여자 손에 들린 내 속옷을 낚아챘어.

"뭐 하는 짓이에요?"

"뭘 그렇게까지 소릴 질러?"

그 뻔뻔한 얼굴을 언니가 봤어야 하는데.

"무슨 짓이냐고 묻잖아요!"

"그냥 속옷 사이즈가 작지 않냐고 물었을 뿐인데."

"그러니까 아줌마가 왜 내 속옷을 보냐고요!"

"보면 좀 어때. 아까 할머니가 와서 빨래 널어놓고 가시는데, 딱 보니까 너한테 안 맞겠더라고. 이거 언제 산 거야? 초딩 때 쓰던 거 아냐? 너 스포츠브라 할 나이는 지났잖아."

"내가 뭘 쓰든 무슨 상관인데요?"

"여자 몸이 얼마나 예민한 줄 알아? 운동화도 사이즈 맞게 신어야 되는 것처럼 속옷도 사이즈가 맞아야……."

"누가 그딴 거 궁금하대요? 한 번만 더 내 물건에 손대면 가만 안 있을 거예요!"

.경고를 날리고 방문을 쾅 닫아 버렸어. 당연히 내가 할 수 있는 최대한 큰 소리로 닫았지.

자존심 상해서 미칠 것 같았어. 그 여자가 알려 주지 않아도 인터넷에 찾아보면 속옷 사이즈 정도는 다 나와. 내가 몰라서 못 산 줄 알아? 재수 없어 진짜. 난 그 여자가 이 세상에서 제일 싫어! 죽어도 싫어!

이제부터 전쟁이야.

이렇게 감시당하면서 더는 못 산다고. 결판을 내야 할 때가 온 거지.

편지 쓰고 보니까 짜증만 낸 것 같네. 엄마 정보가 하나도 없어서 미안. 다음에는 무슨 수를 써서라도 엄마 정보를 왕창 알려 줄게.

아 참.

이번에 발견했는데 2002년 말이야, 언니가 로또에 당첨돼서 인생 역전하는 해이기도 하지만 내가 태어난 해이기도 하더라고.

그러니까 언니랑 나랑 2002년부터 같은 세상에 살고 있다는 거지. 물론 그때의 나는 막 태어난 아기이긴 하겠지만 어쨌든 같은 하늘 아래서 숨 쉬는 것만은 분명한 사실이잖아.

그래서 말인데 언니가 나 좀 찾아 주면 안 돼? 그럼 과거의 나도 현재의 나도 언니를 알게 되는 거잖아.

나는 지금 여기서 언니를 찾을게. 그럼 우리는 과거, 현재, 미래 속에서 계속 만나는 거니까.

우리 인연은 계속되고 또 계속되는 거지.

상상만 해도 너무 좋아서 소름 돋아.

편지 기다릴게.

2016년 6월 20일

감시당하며 사는 불쌍한 동생이

28

불쌍한 동생에게

네 편지 읽는 내내 웃음이 나서 혼났어. 네가 그 여자에게 하는 거나 그 여자가 너한테 하는 거나, 둘 다 만만치 않은 상대를 만난 것 같은데? 이런 말 하면 네가 팔짝 뛰면서 화낼 것 같지만, 왠지 너랑 그 여자 꽤 잘 어울리는 것 같아. 싸우면서 정든다잖아. 이 기회에 완전히 네 편으로 만들어 버려. 어차피 아빠랑 결혼하면 가족이 될 사이잖아. 화내지만 말고 한번 잘 생각해 봐.

요즘 나는 마지막 잎새가 떨어지지 않길 빌던 소녀처럼 낙엽이 떨어지는 걸 슬픈 눈으로 바라보고 있는 중이야. 정신 차려 보니까 졸업은 코앞인데 취업 준비는 하나도 못 한 상황인 거지. 컴퓨터도 내 취업을 도와주진 못하는 모양이더라고. 이제 겨울이 지나면 내 행복한 대학 생활도 끝이겠지. 어휴.

이런 날에는 포장마차에서 오뎅국에 소주 한잔해야 되는데. 크아. 은유야, 너 빨리 좀 커라. 나중에 언니랑 둘이 앉아서 편지 얘기 하면서 술 한잔해야지? 다른 건 몰라도 술은 이 언니가 가르쳐 준다.

지난번에 말한 그 문제의 도스와 윈도우에 특별 자격으로 가입을 할 수 있게 됐어. 그래 봤자 뒤풀이에 참석하거나 동아리방에 드나드는 게 전부지만. 중요한 건 내가 너희 아빠를 철저하게 감시하고 있다는 사실이지. 그런데 아무리 봐도 네가 말한 너희 아빠랑 현철이랑은 거리가 멀어도 엄청 멀단 말이야. 너희 아빠는 무뚝뚝 그 자체에다가 널 무서워하는 수준이라며. 근데 송현철은 그런 사람 같지 않단 말이지.

아직 어디에도 너희 엄마처럼 보이는 여자는 없어. 너희 아빠한테 관심 보이는 여자들이야 많았지. 근데 그것도 그리 오래가진 못했어.

너희 아빠한테 관심을 보였던 여자들에게 내가 한 가지 질문을 했거든. 그러면 그 여자들 전부 다 기함을 하고 도망가더라고.

"너 현철이 딸 낳을 생각 있어?"

이 질문만큼 너희 엄마를 구분할 수 있는 정확한 질문이 어디 있겠어?

내가 질문을 던지면 대부분의 반응은 이래.

"무슨 소릴 하는 거예요? 제가 왜 현철 선배 애를 낳아요?"

뭐 이런 식이지.

물론 현철이, 그러니까 너희 아빠는 이 사실을 몰라.

슬슬 포기해야 하나 생각할 무렵 엄청난 소식을 알게 됐어. 너희 아빠의 소개팅이 잡혀 있다는 소식이었어. 그 이야길 듣자마자 느낌이 팍 오는 거야.

여기구나. 여기서 너희 아빠가 너희 엄마를 만나는구나. 드디어 올 게 오고야 말았구나. 그 결과 알려 주려고 소개팅 날까지 기다렸다가 편지 쓰는 중이라니까.

너희 아빠가 소개팅을 하던 날, 그때 내가 거기 있었어. 미행했다는 게 더 맞겠지만. 어쨌든 처음부터 끝까지 살펴봤다 이 말씀. 뭐 나름 데이트다운 데이트를 하더라고.

밥 먹고, 차 마시고, 오락실에서 총도 한판 쏘고……. 현철이가 입이 찢어질 것처럼 웃어 대더라. 그 말은 즉, 그 여자가 너희 엄마일 가능성이 높다는 말이지. 뭐, 근데 별로 축하는 못 하겠다. 그 여자 좀 별로였거든.

얼굴이 이상했다든가, 성격이 괴팍했다든가 그런 건 아닌데, 느낌이 영 별로야. 너, 사람이 사람을 만날 때 느낌이 얼마나 중요한 줄 아니? 다른 사람은 다 좋다고 해도 나랑은 안 맞는 사람이 있잖아. 내가 볼 땐 그 여자가 딱 그랬어. 딱 봐도 현철이랑은 안 맞겠더라고.

심지어 현철이 딸 낳을 생각이 있냐는 내 말에 눈을 동그랗게 뜨고 대답하더라니까.

"이왕이면 현철 오빠 닮은 아들이면 좋겠는데요."

참 나. 들었니? 아들 낳고 싶댄다 아들.

지금 지켜보는 중이긴 한데, 난 이 여자가 네 엄마가 되는 거 반대야. 현철이랑 물과 기름처럼 완전 따로 놀아요. 너한테 엄마를 알고 실망할 필요가 없다고 말하긴 했지만 이 경우는 다르다고 생각해. 안 맞는 사람이랑 만나면 서로 힘들다, 너.

그래서 깽판을 치기로 했어. 둘을 갈라놓을 작정이야. 이런 일은 내가 전문이거든.

여기 일은 나한테 맡겨 둬. 절대 그 여자가 네 엄마가 되는 꼴은 보지 않을 테니까. 고맙다는 말은 됐어.

난 그저 해야 할 일을 할 뿐이니까.

1995년 11월 13일

이 언니만 믿어.

추신: 네가 궁금해할까 봐 말해 주는데, 그 사건 이후 정수 오빠와 우리 언니 사이는 완전히 끝장났어. 엄마는 다시 앓아누웠고, 아빠는 술을 마시더라고. 참고로 아빠 얼굴에 미소가 잔뜩 번져 있더라.

29

일백 퍼센트 믿는 언니에게

언니. 잘 지내고 있지?

이번 편지는 여러모로 생각할 게 많았어.

음, 정말 그 여자가 우리 엄마일까? 대체 어떤 사람이기에 언니가 아빠랑 안 어울린다고 한 걸까? 그렇게 별로라면 우리 엄마가 아니었으면 좋겠다 싶다가도 진짜 우리 엄마면 어쩌지, 내가 이런 생각을 한 것만으로도 엄마가 속상해하지 않을까, 하면서 이런저런 생각이 많아져.

있잖아, 언니.

처음 아빠가 '그 여자'를 나한테 소개했을 때 사실 그 여자가 그렇게 싫진 않았어. 아빠가 친구라고 소개해 줬었거든. 눈치가 없었던 거 아니냐고, 아빠가 소개해 주는 여자를 곧이곧대로 친구라고 믿는 사람이 어디 있냐고 할지도 모르겠지만, 언니도 그때 그 상황을 봤다면 절대 그렇게 생각 못 했을 거야.

둘 사이에 좋아하는 감정 같은 건 요만큼도 없어 보였어. 그 여자는 우리 집에서 양말을 훌러덩 벗고 소파에 아무렇게 앉아서 텔레비전을 보곤 했거든. 게다가 그 여자는 뭐랄까, 지나치게 쿨하고 넘치게 털털했어.

둘 사이가 이상하다는 사실을 깨달은 건 한참 지나서였어. 학원에 갔다가 오는데, 우리 집에서 웃음소리가 들리는 거야. 그 여자가 요리를 하고 있더라고.

사실 요리라고 하기도 뭐하긴 했어. 편의점에서 파는 인스턴트 음식으로 만든 거였거든. 매운 컵라면에 삼각김밥을 섞고, 치즈를 얹는다든가 뭐 그런 거. 그 여자가 그걸 하고 있는데 아빠가 깔깔대고 웃는 거야. 처음으로 뭔가 이상하다는 걸 느꼈어.

아니나 다를까 얼마 지나지 않아 아빠가 그 여자와 결혼을 생각 중이라고 하더라. 그 순간부터 그 여자가 미친 듯이 싫어졌어. 유치하게 아빠가 결혼한다는 이유로 질투 따위를 느껴서 그런 건 아니야. 그 여자는…… 평생 내가 그리워하던 엄마의 모습이 아니었으니까.

'엄마'에게 특별히 정해진 모습이 있지 않다는 건 나도 알아. 이런 사람이 있으면 저런 사람이 있는 것처럼 세상에는 다양한 엄마들이 있겠지. 근데 언니, 난 한 번도 엄마가 있었던 적이 없잖아. 그동안 나 혼자 어두운 집을 지키며 얼마나 많은 상상을 했을지 짐작이 가?

언니. 난 그냥 날 걱정해 주는 엄마가 있었으면 좋겠어. 엄마 없이 자라서 불쌍하다는 이유로 날 안쓰러워하는 할머니나 할아버지 말고. 그냥 나를 생각해 주고 걱정해 주는 사람. 아빠처럼 무관심한 거 말고, 날 피해 도망 다니는 사람 말고. 비밀로 똘똘 뭉쳐서 아무것도 말해 주지 않으려고 애쓰는 거 말고.

학교에서 무슨 일은 없었니, 저녁에는 뭐 먹고 싶니, 방 청소 좀 해라, 성적은 왜 떨어졌니, 가끔은 잔소리도 해 주고 내 이름도 다정하게 불러 주는 사람. 날 혼자 두지 않는 사람. 난 그런 사람이 내 엄마였으면 좋겠어.

하지만 그 여자는…… 날 얕잡아 보고, 깔보고 무시해. 그 여자는 내가 평생을 그토록 원하던 엄마가 아니라고.

언니는 가족이라는 게 더 많은 이해를 해야 하는 존재라고 했지만, 아직 그 여자랑 나는 가족이 아니잖아. 그러니까 싫어할 수도 있는 거 아니야?

사실 언니 편지를 보고 나니까 혼란스럽긴 해. 만약 언니가 찾은 엄마가 내가 그리워하고 궁금해했던 엄마의 모습이 아니면 어쩌지?

그러다 문득 이런 생각도 드는 거야. 나는 엄마가 꿈꾸던 딸의 모습일까…….

시험을 몽땅 망친 것처럼 기분이 꿀꿀해.

아빠를 붙잡고 다시 한번 엄마에 대해 물어볼까 생각하기도 했지만, 아빠를 보는 순간 아무 말도 할 수 없었어. 아빠가 웃고 있었거든.

요즘은 아빠가 웃는 일이 많아. 내가 엄마에 대해 물으면 아빠의 얼굴에 영원히 웃음이 걸리지 않을 것만 같아. 아빠가 바보처럼 웃는 게 화가 나지만, 그래도 아빠 웃음을 빼앗고 싶진 않아. 가슴이 너무 답답해서 차라리 빵 터져 버렸으면 좋겠어.

충격적인 소식 하나.

그 여자가 아빠 첫사랑에 대한 정보를 입수했어.

내 생각엔 그 여자, 경찰이 아니라 국정원이나 뭐 그런 데서 일하는 것 같아. 그게 아니면 우리 아빠 약점을 아주 잘 알고 있거나.

어떻게 이렇게 쉽게 알아낼 수 있는 거지? 도저히 궁금함을 참을 수가 없었어.

"설마 우리 아빠한테 협박이나 고문 같은 걸 한 건 아니겠죠?"

이렇게 물으면 그 여자가 기가 찬다는 얼굴로 그 비법에 대해 말해 줄 거라 생각했어. 하지만 그 여자는 나보다 한 수 위더라고.

"왜 아니라고 생각하는데?"

"그게 무슨 말이에요? 진짜 고문이라도 한 거예요?"

"업무상 비밀이라 알려 줄 수 없어."

맹세하는데 그때 그 여자의 표정은 잔인할 만큼 냉정했어.

"우리 아빠한테 무슨 짓을 한 거예요?"

"난 네 요구를 들어줬을 뿐이야."

완전 사이코패스가 따로 없었다니까.

"걱정 마. 고문 같은 건 없었으니까. 요즘 그런 거 하면 잡혀가. 넌 나이도 어린 애가 언제 적 얘길 하니?"

그 여자가 아무 일도 없었다고 말했지만 당최 믿을 수가 있어야지. 난 한 번 더 그 여자를 쏘아보며 물었어.

"확실해요?"

"그래. 뭐, 약간의 협박이 있긴 했지만 신체적 접촉은 없었다고 맹세해."

"협박이요?"

"정보 들을 거야 말 거야? 계속 이렇게 초점 흐리고 말꼬투리 잡으면 재미없어."

재미없다는데 어쩌겠어. 한 발 물러서야 했지.

"알겠어요."

아빠 첫사랑은 조금 특이한 사람이었대. 소위 말하는 사차원이라고나 할까. 남들이랑 다르게 늘 미래 이야기를 하는 여자. 술을 엄청나게 좋아해서 술자리에는 악착같이 나오는 사람.

중요한 건 그 여자도 아빠를 좋아하는 것 같았다는 거야. 동아리방에 소문이 자자할 정도였대. 아빠는 첫사랑이 자길 좋아한다는 걸 믿을 수 없었대. 그래서 실험을 해 보기로 한 거지.

소개팅.

아빠는 첫사랑의 마음을 확인하기 위해서 소개팅을 했어. 그리고 그 이후, 분명해졌지. 첫사랑이 아빠의 소개팅 장소에 몰래 따라 나왔거든.

이쯤 하면 언니도 눈치챘지?

그래 맞아.

이 미치도록 익숙한 이야기.

나도 들으면서 소름 돋아 죽는 줄 알았어. 우리 아빠 첫사랑이 언니라니. 와우!

언니. 언니가 날 위해 아빠를 염탐하는 건 고맙지만 제발 자제 좀 해. 언니가 우리 아빠 첫사랑이 되는 건 진짜 아닌 것 같아서 알려 주는 거야. 아빠가 언니를 좋아하면 우리 엄마는 언제 만나냔 말이야. 설마 언니도 우리 아빨 좋아하는 건 아니겠지?

2016년 7월 10일

언니를 미치도록 걱정하는 은유가

30

날 걱정해 주는 고마운 동생에게

안녕 은유야! 편지 잘 받았어. 음…… 근데 편지를 다 읽고 나서 드는 생각은 단 하나뿐이더라.

푸하하하하핫!

이 바보야!

너 지금 그 여자한테 당한 거야. 네 말대로 그 여자가 진짜 한 수 위는 한 수 위인가 보다. 네 머리 꼭대기에서 널 가지고 놀고 있는 걸 보면 확실한가 봐. 그게 아니면 그 여자가 구해 온 정보가 순 엉터리거나.

너희 아빠가 날 좋아했다고? 내가 첫사랑이었다고? 야, 지나가던 똥개도 똥 싸다 말고 웃겠다. 너희 아빠는 날 좋게 봤을 때 '친구'로 보고 나쁘게 봐서는 '또라이'이며 평소에는 '질리는 애'로 보고 있다고. 증거로 너희 아빠와 나 사이의 대화를 써 줄게.

참고로 너희 아빠가 여자한테 차이고 다시 군대에 들어가겠다고 하는 상황이야. 아, 맞아. 그때 그 소개팅에서 만난 사람은 너희 엄마가 아니었어. 네가 고민한 게 쓸데없을 정도로 딱 한 달 사귀다가 헤어졌으니까. 진짜 다행이지? 나도 그렇게 생각해.

"너 진짜 군대 가려고?"

"그럼 군대를 가짜로 가는 사람도 있냐?"

너희 아빠 송현철의 소주 원 샷. 상당히 기분이 안 좋아 보였어. 그때 소개팅에서 만난 여자 빼고도 내가 아는 것만 벌써 두 번째 차인 거거든.

"야. 아무리 그래도 그렇지. 제대하고 또 군대 가는 사람이 어디 있어?"

"가서 말뚝 박을 거야. 차라리 군대가 낫지."

"그러지 마. 네 인연은 따로 있다니까. 너 예쁜 딸 낳고 잘 살 거래도."

"넌 왜 자꾸 있지도 않은 딸 얘기를 하냐."

"그런 게 있어. 내 말 믿고, 군대는 가지 마."

군인이라니. 오던 여자도 도망가겠다. 너희 아빠가 군대에 말뚝 박으면 너희 엄마랑 못 만날 수도 있는 거잖아. 완전 현대판 로미오와 줄리엣이지.

오 로미오, 당신은 왜 군인이신가요.

오 줄리엣, 나라가 아직 통일이 안 돼서 그러오. 대체 이 나라는 왜 우리를 떨어뜨려 놓는 건지…….

"마셔라 마셔. 그 여자는 너랑 인연이 아니었던 거야."

"그렇게 생각해?"

지지직. 삼겹살 굽는 소리와 함께 들려오는 현철이의 소주 홀짝이는 소리.

"그럼. 사람 인연이라는 건 따로 있는 거라구. 그 여자는 네 딸의 엄마가 될 사람이 아니었던 거야."

"아니. 내가 차인 건 인연 때문이 아니야."

"그럼 왜?"

크아. 이번엔 현철이와 내가 동시에 잔을 부딪치고 원 샷.

"너 때문에."

자. 지금부터가 네가 진짜 집중해서 봐야 할 대목이야.

"내가 왜?"

"너 진짜 몰라서 묻냐?"

너희 아빠는 가슴을 내리치며 답답해 죽을 것 같다는 표정을 하고 있었어. 그러더니 다시 소주를 원 샷 하고, 소주잔을 털어내며 말하는 거야.

"나한테 억하심정 있냐? 내가 뭐 잘못했어? 왜 내가 만나는 여자마다 훼방을 놓는 건데. 차라리 속 시원하게 말을 해, 말을."

그 뒤로 너희 아빠는 소주 두 병을 내리 마셨고, 경찰서에 잡혀

온 누명 쓴 사람처럼 억울함을 호소하더니, 지독한 괴롭힘을 당한 사람처럼 이제 제발 그만 좀 하라며 빌기까지 하더라.

"이마하면 됐쥐이. 충분하쥐이. 응? 이제 그마하라고 조옴. 이모, 여기 가위 좀. 가위이. 얘랑 인연 좀 끊게에. 이모오!"

술에 취해서는 잘되지도 않는 발음으로 그렇게 가위를 찾았다니까. 그것도 오로지 나랑 인연을 끊기 위해서.

이래도 너희 아빠 첫사랑이 나라고?

난 너희 엄마를 찾기 위해서 노력하고 있을 뿐인데 너희 아빠한테 나는 지독한 또라이였던 거지. 괜히 민망하다. 그래서 당분간은 현철이를 지켜만 보기로 했어. 있는 듯 없는 듯.

내가 자꾸 나서니까, 너희 아빠가 너희 엄마를 만나는 일에 차질이 생기는 것 같아.

너희 아빠가 무슨 생각으로 그 여자한테 날 첫사랑이라고 알려 줬는지는 모르겠지만 내 생각엔 절대 첫사랑 아닌 여자를 알려 준 게 아닌가 싶어. 혹시 그 여자가 진짜 첫사랑에 대해 알아볼까 겁이 났을 수도 있고. 그 여자가 정보 전문가라며. 너희 아빠 생각엔 나라면 절대 그 여자가 질투할 일이 없다고 생각해서 그런 게 아닐까?

어쨌든 나는 너희 아빠 일은 멀찌감치 떨어져서 지켜보기로 하고 내 일에 열중할 거야. 사실 내 코가 석 자거든.

나 집에서 놀고먹고 있잖아. 너희 아빠야 군대 다녀왔으니 졸업하려면 멀었지만, 나는 졸업도 했는데 취직을 못 했어. 학생일 때 학교에 가는 거랑, 졸업 후에 학교에 가는 건 하늘과 땅 차이야.

사실 쪽팔려서 도스와 윈도우에도 못 가고 있어. 누가 내 이마에 '졸업생'이라고 써 붙여 놓기라도 한 것 같다니까.

집에서 들들 볶이는 건 말할 것도 없어. 일 안 할 거면 빨리 시집이나 가라고 난리야. 나도 이런 집구석에서 당장 나가고 싶지만 문제는 결혼할 남자도 돈도 없다는 거지.

이럴 줄 알았으면 너희 아빠 뒤만 졸졸 따라다니지 말고 나도 연애 좀 할 걸 그랬어. 앞이 깜깜하다. 2002년에 복권이 된다고 해도 그 전까지는 어떻게 먹고살아야 할 텐데. 그러고 보니까 우리가 만날 날도 몇 년 안 남았다. 아니지. 2002년이면 네가 완전 갓난아기일 테니 조금 더 클 때까지 기다려야 하는 건가?

빨리 만나고 싶다.

미래의 동생아.

1996년 8월 4일

널 빨리 만나고 싶은 언니가

31

또 미래 동생에게

깜짝 놀랐지?

긴급 소식이 있어서 또 편지 써. 네 답장이 올 때까지 기다릴까 하다가, 너한테 꼭 들려주고 싶은 이야기가 있어서 오래 기다리기 힘들더라.

참 기분 좋은 계절이다. 그치? 이 햇볕하며 바람하며, 저 구름 좀 보라지. 이번 편지는 특별히 핑크색이야. 눈치챘는지 모르겠지만 여기, 내가 사는 세계는 온통 핑크빛으로 가득해. 물론 너희 아빠도.

이번 편지는 너한테도 나한테도 엄청 좋은 소식들로만 가득 찰 거야. 기대해도 좋아.

일단 너희 아빠는 너희 엄마로 추정되는 여자를 예쁘게 만나고 있는 중이야. 너희 아빠 말처럼 내가 나서지 않으니까 잘되더라. 뭐, 그렇다고 아직 확신할 단계는 아니야.

너희 아빠 연애는 딱 3개월이 고비거든. 보통은 3개월 안에 차여. 너희 아빠 말로는 나 때문이라고는 하지만 뭐 늘 나 때문이기만 하겠니? 지가 잘못해 놓고 괜히 나한테 그러는 거지.

어쨌든 현철이가 만나고 있는 여자는 엄청 예뻐. 무용이라도 배우는지 몸이 여리여리한 게 아주 백조 같더라니까.

현철이 입꼬리가 올라가서 내려올 줄 모르는 걸 보면 말 다 했지 뭐. 네가 지금 엄청 궁금해할 거란 거 알아. 근데 나도 어떤 사람인지 잘 모르겠어. 너희 아빠가 정보 공개를 거부하는 중이라 추측만 할 뿐이거든. 지나가는 길에 우연히 만나서 인사한 정도가 다야. 만약 다음 편지까지 너희 아빠가 그 여자랑 사귀고 있으면 그 여자에 대해 좀 더 알아볼게. 진짜 너희 엄마일 가능성이 많으니까.

나는 좀 바빴어. 너희 아빠 연애사에 관심을 가지지 못할 정도로 말이야. 맞아. 이 편지지가 핑크색인 이유.

나 연애해.

꺄악!

은유야. 지금 너희 엄마 아빠 연애나 궁금해하면서 책상에 앉아 있지 말고 빨리 연애를 해.

사랑은 말이야, 기적 같은 거야. 밤에 잠을 잘 때도, 아침에 눈을 뜰 때도 가슴이 간질거리거든. 봄에 피기 시작한 벚꽃을 볼 때처럼, 몽글몽글한 기운이 막 온몸을 휘감는 거야.

사랑하고 사랑받는다는 게 이렇게 따뜻하고 행복한 건지 몰랐어. 이 점에 대해서 너한테 고맙다고 인사 먼저 할게. 내가 연애를 할 수 있었던 게 다 네 덕분이거든.

무슨 소리냐고?

내가 처음으로 했던 미팅 기억나? 내가 술 먹고 너희 아빠 찾아야 한다고 주정 부렸던, 그 남자.

땅을 치고 후회했던, 내 인생 다신 없을 그 완벽한 남자 말이야. 그걸로 끝이라고 생각했는데 사람 인연이라는 게 진짜 있나 봐. 내가 얼마 전에 취업했다는 얘기 했었니?

거기서 그 사람을 다시 만난 거야. 그 남자가 우리 회사 대리로 있더라고.

처음엔 차라리 죽는 게 낫겠다 싶었지. 어렵게 들어간 회사를 그만둬야 하나, 오만 가지 생각이 다 들더라니까. 내가 아무리 모른 척하려 해도 그 남자가 날 잊었을 리 없잖아. 술 먹고 그 깽판을 쳤는데.

아니나 다를까 내 이름까지 기억하고 있더라고.

"요즘은 술 많이 안 드세요?"

"아…… 네."

"그때 그 남자는 잘 만나고 있어요?"

"아…… 그게, 저기, 오해가 조금 있었어요."

"헤어졌어요?"

"아니요! 애초에 사귀지도 않았어요. 남자친구 뭐 그런 거 절대 아니고요."

"아. 그랬구나. 그때 그 남자 찾아야 한다고 하도 그래서 남자친구인 줄 알았죠."

"저기…… 그땐 제가 정말 죄송했습니다. 제가 말씀드리기 복잡한 사정이 있어 가지고요."

그 뒤로 다시 그 이야기를 꺼내진 않았지만, 그 남자가 웃으면서 인사를 건넬 때마다 이런 게 피 말려 죽인다는 거구나, 회사를 그만두라는 신호인가 매일같이 고민해야 했어.

하지만 고민은 딱 거기까지.

지난주에 그 남자가 퇴근길에 날 부르더니 고백을 하더라고. 대학 때 술 취해서 꼬장 부리던 내 모습이 그렇게 인상 깊었다네.

"나랑 만나 볼래요?"

이거 〈유주얼 서스펙트〉보다 임팩트 있는 반전 아니니? 나 그 남자랑 만나 보기로 했어. 엄청 근사하고 멋지고 설레는 남자야. 주말에 첫 데이트까지 했다니까. 그 남자한테 잘 보이려고 화장을 몇 번이나 고쳤는지 몰라. 얼마나 떨렸는지 그때 본 영화가 뭐

였는지 기억도 안 나.

크아. 드디어 나한테도 사랑의 계절이 찾아오는구나. 사랑을 해 보니까 알겠어. 인생의 묘미는 사랑이라는 걸!

1996년 10월 26일

사랑을 품은 언니가

32

행복해하고 있을 언니에게

언니 잘 지내고 있지? 편지 잘 받았어.

언니가 행복해하는 게 글에도 뚝뚝 묻어나더라. 그동안 언니 인생이 나 때문에 꼬인 게 아닐까 걱정스러웠는데, 사랑하고 있다니까 다행이야.

정말 사랑을 하면 언니 말처럼 그런 기분이 드는 걸까.

그래서 아빠도 자꾸만 웃는 걸까.

잘 모르겠어. 사람이 사람을 만나는 일로 온 세상이 환하게 변하는 기분 같은 거 말이야.

예전엔 아빠도 엄마와 사랑을 했겠지? 그때도 아빠는 늘 웃고 있었을 거야. 그랬던 둘 사이에 무슨 일이 있었던 걸까. 무엇이 아빠의 입을 영원히 닫게 만든 걸까.

아빠한테 언니에 대해서 물어보려고 했는데, 일이 틀어져 버렸어. 나 아빠랑 엄청 싸웠거든.

아빠가 주말에 같이 쇼핑을 가자고 하는 거야. 그 전까지는 아빠랑 쇼핑이라는 걸 해 본 적이 단 한 번도 없었어. 뭘 사러 갈 땐 늘 할머니나 할아버지랑 갔었지, 아빠랑 함께 갈 수 있다는 걸 생각도 해 보지 못했거든. 근데 이런 게 내 마음속에 화로 자리 잡았나 봐. 바보 같은 아빠는 그것도 모르고 내 마음에 불을 지폈어.

"조금 있으면 아줌마 생일이라 선물을 해 주고 싶은데, 아빠가 뭘 사야 할지 잘 모르겠어서. 너랑 같이 골랐다고 하면 아줌마도 좋아할 거야."

언니도 알지? 난 한 번도 아빠랑 생일 파티 해 본 적 없어. 아빠는 케이크도 싫어하고 미역국도 싫어해. 난 생일 때 할머니 집에서 미역국 먹는 게 다야. 근데 나더러 그 여자 생일 선물을 같이 고르자니.

불씨로 남아 있던 화가 아빠의 한마디에 활활 타오르기 시작했어.

"이번 주말엔 일 안 가요?"

"아줌마 생일이라 선물 사러……."

난 너무 화가 나 있는 상태였고 아빠 말을 다 들어 줄 기분이 아니었어.

"그러니까 주말에 일을 안 갈 수도 있는 거네요?"

"그거야……."

"난 아빠 회사가 너무 바빠서 절대로 쉬지 못하는 줄 알았어요. 어렸을 때 한 번만 놀이공원에 같이 가자고 해도 아빠는 일하러 갔었어요. 내 생일 때 같이 있어 준 적도 없잖아요. 친구들이 왜 너는 할머니 할아버지랑만 다니냐고 할 때도, 엄마만 없는 게 아니라 아빠도 없냐고 그랬을 때도, 나 혼자 방문 걸어 잠그고 울 때도 아빠는 늘 없었어요. 근데 왜 지금은 돼요? 왜 그 여자는 되고, 난 안 되는 건데요?"

나는 벌에 쏘인 사람처럼 미친 듯이 소리를 지르고 밖으로 뛰쳐나와 버렸어.

지금 할머니 집에서 이 편지 쓰고 있는 거야. 아빠한테 전화가 왔지만 안 받았어. 할머니에게는 협박까지 해 놓은 상태고.

"할머니. 아빠 절대 여기 오지 말라고 해요. 아빠가 여기 오면 나 집 나가 버릴 거예요. 아무도 모르는 데 가서 콱 죽어 버릴 거라고요. 아빠 목소리도 듣기 싫어요!"

할머니는 대체 무슨 일이 있었던 거냐고 물었지만 나는 입도 벙긋하지 않았어. 할머니 할아버지를 슬프게 할 생각은 없었는데…….

검정색 물감이 되어 버린 것 같은 기분이야. 나만 빠지면 아빠 삶은 온통 핑크빛일 텐데, 내가 아빠 삶을 까맣게 만들어 버린 것 같아. 아무리 예쁜 색이라도 검정 물감이 닿으면 온통 까맣게 변해 버리잖아. 결국엔 아빠도 나한테 지치고 말 거야.

나 같은 건 애초에 없었다면 좋았을 텐데. 내가 모든 걸 망쳐 버리고 있는 것 같아.

언니. 언니도 우리 엄마 찾는 거 그만해도 돼. 나 이제 아무래도 상관없어. 엄마 찾는다고 해도 어차피 만나지도 못하고, 이야기 한번 나눠 보지 못할 텐데 뭐.

전부 소용없는 일이야.

아빠가 엄마에 대해 알려 주지 않는 것도 이유가 있겠지.

차라리 지금처럼 아무것도 모른 채로 우리 엄마가 어떤 사람일까 상상하는 편이 더 나을 것 같아.

2016년 8월 9일

은유가

33

은유에게

안녕 은유야, 기분은 좀 어때?

이번 편지만큼 너와 내가 떨어져 있다는 게 속상해 본 적이 없어. 내가 옆에 있었으면 대신 욕도 해 주고 안아 줬을 텐데.

네 편지는 진심이 아니었다고 믿어. 순간적으로 너무 화가 나서 마음에도 없는 말을 내뱉고 후회하고 있을 네 모습을 생각하니까 마음이 아프다.

네가 아빠에게 화가 난 건 당연해. 나였어도 마구 소릴 질렀을 것 같아. 아빠가 너한테는 해 주지 않았던 일들을 그 여자한테 하고 있으니까. 생각만 해도 화난다. 송현철은 왜 그렇게 딸 마음을 몰라주는 거니?

내가 너랑 처음 편지를 주고받았을 때 나는 고작 열 살이었잖아. 그리고 지금은 시간이 흘러서 스물여섯 살이 되었고.

나이를 먹는다는 건 좋은 점도 있고 나쁜 점도 있더라. 어릴 땐 나이를 먹는 게 조금씩 어른에 가까워져서 좋았는데, 어른이 되고 나니 내가 모든 책임을 져야 한다는 사실에 무서워졌어. 요즘은 나한테 남아 있는 건 이제 늙는 것밖에 없는 건가 하는 생각도 들고.

다행히 나이를 먹어서 좋은 점도 있긴 있더라고. 그게 뭐냐면 다른 사람의 감정을 조금은 더 이해할 수 있다는 거야. 나이를 먹는다는 건 어쩌면 다른 사람의 마음을, 감정을 이해하려고 연습하는 시간일지도 모른다는 생각이 들었어.

대체 뭐라는 거야. 내가 지금 제대로 말하고 있는 거니?

그러니까 내가 하고 싶은 말은 내가 네 마음을 이해하는 것처럼 너희 아빠 마음도 조금은 이해가 된다는 거야. 오해는 하지 마. 너희 아빠가 잘했다는 건 아니야. 그냥 조금은 이해할 수 있을 것 같다고.

너희 아빠는 그동안 너한테 못해 준 시간들이 미안할 거야. 그래서 변하려고 노력하고 너랑 같이 있고 싶어 하는 건지도 모르지.

적어도 내가 아는 현철이는 딸 마음을 짓밟고 괴롭히려고 일부러 그런 짓을 할 사람은 아니니까.

아까 집에 오는데 웬 고등학생이 놀이터에서 울고 있더라. 꼭 너같이 느껴져서 얼마나 가슴이 아픈지, 그냥 지나갈 수가 있어야지. 그래서 놀이터에 앉아서 커피 한잔했어. 걔는 열일곱 살이래. 아빠가 회사에서 잘린 걸 오늘 알았다더라.

요즘은 거의 매일 이런 뉴스들이 나와.

회사들이 문을 닫고 그 회사에서 일하던 사람들이 잘리고, 가장만 믿고 살던 가정이 무너지고, 아이가 울고 부모 가슴이 찢어지는 일들.

회사에서 잘린 가장이 더 이상 견디지 못하고 자살했다는 뉴스가 나올 때마다 얼마나 가슴이 답답해지는지 몰라.

IMF가 터졌거든.

우리나라 전부가 엉망진창으로 변해 버린 것 같아. 꼭 누군가 믹서에 넣고 마구 돌리기라도 한 것처럼 모든 게 뒤죽박죽이야.

사람들이 이렇게 다 힘든데 나한테 있었던 일들이 죽을 만큼 괴롭다는 말은 못 하겠다. 요즘은 '죽을 만큼'이라는 말을 함부로 쓰면 안 되거든. 사실 나 회사에서 잘렸어. 회사가 어려우니까 나 같은 여사원들을 제일 먼저 자른 거지 뭐. 취직했다고, 이제 사람 노릇 하고 살겠다고 엄마 아빠가 엄청 좋아했는데. 뭐라고 말해야 할지 모르겠다.

으아악.

더는 못 참겠다.

점잔 빼면서 어른 노릇 하는 것도 답답해서 못 해 먹겠어. 사실 진짜 내 기분은 엿 같아! 할 수 있다면 이 엿 같은 기분을 우에엑 토해 내고 싶다고.

왜 우린 행복하게만 살 수는 없는 걸까. 왜 이 지독하고 끈질긴 불행은 계속 찾아오는 거냐고.

나는 지금 우울 덩어리야. 툭 치기만 해도 우울이 마구 쏟아져 내릴 정도로.

남자친구랑도 헤어졌어. 미치도록 사랑했는데 왜, 왜! 왜 이제 와서 사랑이 아니라고 하는 거냐고 왜! 그 남자가 무슨 핑계를 대면서 헤어지자고 한 줄 아니? 나더러 자기보다 더 중요한 게 있는 것 같대. 핑계 댈 걸 대야지. 차라리 내가 회사에서 잘려서 더는 보고 싶지 않다고 말하지. 이상형이 능력 좋은 여자라고 말하지. 그럼 내가 이 정도로 분통이 터지진 않았을 거 아니야.

개자식! 쓰레기 같은 놈!

휴우.

이제 조금 시원하네.

말은 이렇게 하지만 지난 일주일 동안 태풍처럼 몰아닥쳤던 불행들 때문에 방문을 걸어 잠그고 질질 울었어. 난 도대체 왜 사는 건가 싶더라니까.

그때 날 위로해 준 사람이 누군지 알아?

너희 아빠. 송현철.

"회사도 얼마나 어려웠으면 너 같은 인재를 내보내겠냐. 너 내보낸 거 두고두고 후회할 거다. 야 울지 마. 안 그래도 못생겼는데 우니까 더 못생겼잖아. 너 그나마 웃을 때 봐 줄 만한 거 몰라? 너 설마 남자 때문에 우냐? 그 자식이 너 차고 후회해야지. 왜 네가 울어?"

술 한잔 마시면서 해 준 현철이의 위로가 제일 컸어.

술 먹고 뻗으면 집에 데려다준다고, 걱정 말고 마음껏 마시라더라. 얼마나 고맙던지.

확실한 건 너희 아빠가 너희 엄마를 어떻게 했을지도 모른다는 상상은 이제 집어치워도 된다는 거야. 너희 아빠는, 정말로 좋은 사람이야.

내가 보장할게.

엄마 포기하지 말고 찾자. 거의 다 왔어. 결승선이 코앞인데 그만둘 거야?

참고로 너희 아빠 아직 그 예쁜 여자랑 헤어지지 않고 잘 만나는 중이야.

1998년 2월 18일

우울 덩어리 언니가

34

우리 귀염둥이 은유에게

안녕. 또 나야. 편지 쓴 지 얼마나 됐다고 또 쓰냐고? 너랑 편지를 주고받는 시간들이 더 빨라졌으면 좋겠어. 이제 끝이 보일락 말락 하고 있거든.

너희 엄마 말이야. 내가 드디어 만나 봤다 이 말씀.

이름은 정다정. 이름처럼 다정한 사람이더라. 그동안 꽁꽁 숨겨 두고 절대 보여 주지 않던 여자친구를, 우연히 마주치기라도 하면 도망치듯 데리고 가 버리던 여자친구를 현철이가 드디어 소개시켜 주더라. 그 말은 이제 다정 씨에게 확신이 섰다는 의미지.

마지막 확인도 끝냈어.

"다정 씨는 현철이 딸 낳을 생각 있어요?"

기겁을 할 수밖에 없는 내 질문에, 다정 씨는 다정하게 웃었어. 이렇다 저렇다 말하지 않았지만 그 미소는 분명 긍정의 의미를 담고 있었지. 난 다정 씨가 너희 엄마라고 확신해. 다정 씨가 아주 좋은 사람이라는 것도. 믿고 널 맡겨도 될 만큼 괜찮은 사람이야. 진짜로.

현철이가 행복에 젖어 있을 때 내 몸에는 우울 덩어리가 덕지덕지 붙어 있었어. 이 우울이 나를 더 깊은 수렁에 빠트리기 전에 현철이에게 전화를 했지. 난 왜 너희 아빠 말고는 전화할 사람도 없는 거니. 기분이 우울하면 너희 아빠부터 생각난다니까.

근데 그 자식이 바쁘다는 거야. 뭐가 그리 바쁘냐고 투덜댔더니, 글쎄 다정 씨랑 술 한잔하러 간다잖아.

너도 내가 술 얼마나 좋아하는지 알지? 근데 술자리에 나만 쏙 빼놓고 간다는 게 말이 돼? 다른 것도 아니고, 술을?

여자친구 생겼다고 친구고 뭐고 이제 없다 이거지. 치사한 놈. 내가 그렇게 안 봤는데 아주 의리 없는 자식이야.

웬만하면 둘이 데이트하라고 보내 주려고 했거든. 근데 아무리 생각해도 이건 의리의 문제더라고, 의리. 참을 수가 없어서 따라붙었지. 주책이라고 해도 어쩔 수 없어. 내가 너희 아빠랑 우정이 몇 년인데. 그리고 그렇게 둘이 술 한잔하다가 네가 예상보다 일찍 나오면 어쩌냔 말이야.

넌 2002년생이어야 하잖아.

하핫. 그래, 나 지금도 한잔하면서 쓰고 있어. 취중 편지라고나 할까. 주책 같아도 네가 참아.

회사 잘리고 집에서 노니까 느는 건 술밖에 없다 야. 네가 태어나면 부자가 된 이 언니가 크게 한턱 쏘마. 이 귀염둥이야.

이모라고 불러 봐. 이모.

그나저나 네가 사는 세계에서 나는 아직도 현철이랑 친구일까? 아니면 2002년에 부자가 되는 바람에 현철이랑 연락 끊고 살려나. 왜 사람이 화장실 들어갈 때 마음 다르고 나올 때 다르다잖아.

잠깐.

그러고 보니까 이건 우연이 아니야. 네 이름이 내 이름이랑 똑같은 거 말이야. 혹시 네 이름을 내가 지은 거 아닐까? 부자가 된 내가 현철이에게 돈을 주면서 네 딸 이름은 나와 똑같이 짓도록 해, 뭐 이런 식으로 말이지.

으흠.

내가 지금 무슨 헛소리를 하고 있는 거야?

어쨌든 너희 엄마는 좋은 사람이야. 너희 아빠도 좋은 사람이고. 오케이? 무슨 일 때문에 너희 엄마를 비밀로 하는 건진 모르겠지만, 둘 다에게 나쁜 일이 일어났던 게 아니었으면 좋겠다.

아 참.

그날 술 한잔하는데, 네가 엄마 사진이 한 장도 없다면서 속상해하던 게 생각나더라고. 그래서 내가 가게에 달려가서 일회용

카메라를 딱 샀지.

그날 찍은 사진이 오늘 나왔어.

왼쪽에서 소주잔 들고 있는 게 나고, 그 옆이 너희 엄마야.

어때 예쁘지?

성격은 더 좋아. 송현철 그 자식이 여자 보는 눈이 꽤 괜찮더라고.

1998년 3월 27일
귀염둥이 조카에게

35

이모 아닌 언니에게

언니 편지를 읽는 내내, 아니 답장을 쓰는 지금까지도 손이 덜덜 떨리고 있어. 입에 침이 마르고 가슴이 쿵쿵 뛰어.

언니가 보내 준 사진을 한참 동안 들여다봤어.

언니. 지금 뭔가가 잘못되고 있어.

그게 아니라면 어째서 언니가 준 사진 속에 그 여자가 있는 거야? 그 여자 말이야. 아빠와 결혼을 앞두고 있는 그 여자.

아닐 거야. 그럴 리가 없잖아. 그 여자가 왜 우리 엄마야?

머리가 막 어떻게 되는 것 같아. 그 여자가 했던 이상한 말들이 떠올라서 머리를 쿵쿵 치고 있어. 결국 자길 좋아하게 될 거라는 말도, 후회할 행동을 하지 말라는 것도, 편지 이야기도. 전부 다 무슨 뜻이었을까.

그치만 언니, 이건 말이 안 되잖아. 그 여자가 우리 엄마면 왜 여태까지 비밀로 했다가 다시 결혼을 하는 건데?

하필 이런 순간에 아빠도, 그 여자도 전화를 받지 않아. 숨이 막혀서 죽을 것만 같아.

방금 그 여자에게서 전화가 왔어. 내가 수십 통 전화를 걸어 놨더니 깜짝 놀라 전화를 했더라고.

"아줌마가 내 엄마예요?"

"이제 날 받아들이기로 한 거니? 생각보다 빠르네. 하지만 벌써부터 엄마 노릇 하라고는 하지 말아 줘. 결혼 전까지는 자유를 느끼고 싶으니까."

"장난치지 말고 똑바로 말해요. 아줌마가 날 낳은 진짜 친엄마냐고요."

그때 내 목소리는 덜덜 떨렸을 거야. 그 여자도 그걸 알아차렸을 거고. 잠깐 동안 침묵이 돌았어.

"무슨 일 있니?"

"아니요. 전 그냥 진실을 알고 싶을 뿐이에요."

"거기 있어. 지금 갈 테니까. 만나서 얘기하자."

언니. 그 여자가 오고 있대.

내가 여태까지 알지 못했던 커다란 세계가 쿵쿵대며 다가오는 것 같아.

나는 지금 온 세계를 기다리고 있어. 세계가 나를 향해 걸어오는 동안 내가 할 수 있는 건 아무것도 없어. 세상이 온통 뒤죽박

죽된 것 같아. 모든 게 뒤엉켜 버려서 어디서부터 무엇을 찾아야 할지 감이 잡히지 않아.

언니. 그래도 언니만은 그대로인 거지?

나 여전히 언니 동생 맞는 거지?

또 편지할게.

2016년 9월 17일

언니의 동생인 은유가

36

여전히 내 동생인 은유에게

은유야. 잘 지냈냐고 묻고 싶은데 그러면 안 될 것 같다. 그 여자랑은 만났니? 네 편지를 읽는 순간 나까지 다리가 휘청거렸어. 내가 이 정도인데 넌 오죽했을까.

이게 다 무슨 일인지 모르겠어. 정말 다정 씨가 너희 아빠랑 결혼을 앞두고 있는 그 여자란 말이야? 닮은 사람을 착각한 거 아니니?

진짜 이상하다. 아직까지 현철이랑 다정 씨는 잘 지내는 눈치거든.

다정 씨가 너희 엄마가 아니면 대체 누가 너희 엄마라는 거야? 아니, 아니지. 그보다 만약 다정 씨가 네 친엄마가 맞다면 대체 왜 진실을 숨긴 거지?

아무리 머리를 싸매고 생각해 봐도 답이 안 나온다.

넌 그 여자가 털털함의 극치라고 했잖아. 뻔뻔하기까지 하다며. 하지만 다정 씨는 그런 것과는 거리가 먼 사람이란 말이야.

에이. 아니야. 네가 뭘 착각한 거겠지.

답답해 미치겠어. 네 편지가 빨리 도착했으면 좋겠어.

1999년 4월 21일

과거에서 언니가

37

여전히 궁금해하고 있을 언니에게

언니 안녕.

지금 언니가 얼마나 궁금해하면서 내 편지를 보고 있을지 짐작이 가. 바로 편지를 보냈어야 하는데 이제야 보내는 걸 이해해 줘. 그 여자가 가고 난 뒤 머리가 복잡해서 시간이 조금 필요했거든.

지난번에 말한 것처럼 그 여자가 찾아왔었어. 그 여자가 꼭꼭 닫혀 있던 내 세계에 문을 두드렸어. 동시에 내 심장도 쿵쿵 뛰었고.

"지금부터 내가 묻는 말에 정확하게 대답해 줘요."

"그 전에 너한테 무슨 일이 있었는지 먼저 말해 봐."

"아무 일도요."

"정말 아무 일도 없었던 거 확실해?"

그 여자 눈은 매섭게 빛났어. 뭐든 다 밝히고 말겠다는 의지로 똘똘 뭉쳐 있었지. 하지만 그건 나 역시 마찬가지였어.

"날 낳아 준 친엄마에 대해 알고 싶을 뿐이에요."

"계속해 봐."

"아줌마 이름이 정다정이에요?"

"이제 내 이름에 관심까지 가져 주는구나. 영광이라고 해야 하니?"

정말 지긋지긋했어. 이런 때조차 이리저리 말을 돌리는 그 여자를 보는 것도 질렸다고. 더는 휩쓸리거나 두루뭉술하게 끝내고 싶지 않았어.

"그냥 한 번에 답해 줄 수는 없어요? 아줌마 이름이 정다정이냐고요."

침묵이 흘렀어. 맞다, 아니다, 이 한마디를 듣기 위해 기다리는데 온 세상이 멈춰서 움직이지 않는 것 같았어.

"너, 너희 엄마랑 진짜 많이 닮았다."

"우리 엄마를…… 알아요?"

"알지. 근데 말 안 해 줄 거야."

그 여자가 이렇게 말하는데, 미쳐 버리는 줄 알았어. 모두가 날 가지고 노는 기분이었거든. 심지어 그 여자마저 우리 엄마를 알고 있는데 나한테만 아무도 엄마에 대해 말해 주지 않았잖아.

"네가 들을 준비가 안 되어 있는데 어떻게 말을 하니?"

내가 엄마에 대해 물을 때면 모든 사람이 이렇게 말했어. 때가 되면, 시간이 지나면, 조금 더 자라고 나면. 근데 이번에는 내가 준비가 안 되어 있대. 어른들 핑계는 진짜 그럴싸하지 않아?

"더 이상 뭘 얼마나 준비해야 하는데요? 날 낳아 준 엄마에 대해 아는 데 뭐가 그렇게 준비해야 할 게 많은데요?"

"세상이 네 중심으로 돌아간다는 생각부터 버려 봐."

"무슨 말이에요?"

"세상은 절대 네 중심으로 움직이지 않아. 넌 그냥 이 세상의 티끌 같은 존재라고."

"뭐라고요?"

어른들은 보통 세상의 중심이 되라고 말해 주지 않아? 근데 그 여자는 나더러 세상의 티끌이래. 세상의 구성원도 아니고, 티끌이라니. 내 기분이 어땠을지 짐작이 가?

"이기적으로 굴지 말고 다른 사람 생각도 하란 말이야. 네가 네 엄마를 찾고 싶어 하는 동안 네 아빤 뭘 했을 것 같아? 네 아빠가, 할머니 할아버지가 천천히 알려 주려고 했을 때에는 이유가 있지 않았겠니?"

이상했어. 그 여자가 그렇게 말하는데 말들이 내 귓속으로 들어오지 않고 주변을 맴도는 것 같았어.

"기다려. 아빤 너한테 모든 걸 알려 주기 위해서 15년을 기다리고 1년을 준비했어."

더는 물어볼 수가 없었어. 그 여자 표정이 너무 무섭기도 했고,

나 역시 준비가 되지 않았다는 걸 깨달았거든.

그래서 기다리기로 했어. 언니에게서 알게 되든, 아빠 입으로 듣게 되든, 결국은 알게 될 거니까. 조바심 내지 않으려고.

대신 언니를 찾아보려고 해. 내가 사는 세계에 SNS라는 게 있는데 이름만 치면 그 사람 사진과 정보가 나오거든. 언니가 SNS를 한다면 언니를 찾아내는 것도 어렵지 않을 거야.

우리 이름이랑 똑같은 사람이 너무 많아서 바로 찾긴 어렵겠지만 계속 도전해 볼 거야. 언니가 부자가 돼서 일부러 아빠를 피하고 있는 거거나, 성형수술로 얼굴이 바뀐 게 아니라면 금방 찾을 수 있을지도 몰라. 이제 나한테 언니 사진도 있잖아.

지난번에는 그 여자 사진 때문에 너무 혼란스러워서 말 못 했는데, 언니 얼굴 봐서 엄청 좋았어. 언니랑 조금 더 가까워진 느낌이랄까. 얼굴을 알게 되니까 빨리 언니를 만나고 싶다는 생각이 더 간절해졌어.

아, 맞다. 아빠랑은 많이 풀렸어. 아직 조금 어색하긴 한데, 더 풀리면 언니에 대해서도 물어보려고.

지난번에 할머니 집에 있을 때 아빠가 찾아왔었어. 아빠를 다시는 보고 싶지 않다고 했었지만 사실 내 진짜 속마음은 그게 아니었나 봐. 아빠가 할머니 집으로 날 찾으러 왔을 때, 그때서야 알겠더라. 사실은 아빠가 찾아오지 않을까 봐, 정말로 영영 날 보지 않을까 봐 무서워하고 있었다는 거.

아빠가 많이 부족해서, 오해를 만들었대. 근데 어떻게 오해를 풀어야 할지 아무리 생각해도 모르겠더래. 곧바로 날 데리러 오고 싶었는데 내가 아빠 얼굴은 죽어도 보기 싫다고 해서, 정말로 아빠를 만나 주지 않을까 봐 그게 겁나서 늦었다고.

실은 나랑 같이 쇼핑을 하고 싶었대. 한 번도 쇼핑 같은 걸 같이 한 적 없으니까. 그냥 가자고 하면 내가 싫다고 할까 봐 아줌마 생일 핑계로 얘기 꺼낸 거였대. 아빠 나름대로는 며칠을 고민하고 머리를 짜내서 생각해 낸 거였다나. 일이 이렇게 될 줄은 상상도 못 했다면서.

이상했어. 아빠가 날 밀어내고 있다고 생각했는데, 아빠도 나랑 똑같은 생각을 하고 있을 줄 몰랐으니까. 아빠도 나만큼이나 무서웠나 봐. 거절당할까 봐.

"그거…… 같이 사러 갈까 했었어."

아빠가 가져온 쇼핑백을 내밀면서 우물쭈물 말하는 거야. 아빠한테 직접 받는 선물은 처음이라 나도 어리둥절했었어. 근데 세상에, 그 안에 뭐가 들어 있었는 줄 알아? 브래지어가 들어 있잖아. 그것도 스포츠 브라가 아니라 후크 달린 진짜 브래지어가!

얼마나 놀랐는지, 열었던 상자를 막 다시 닫는데 얼굴이 터질 것 같았어. 아빠도 얼굴이 시뻘게져서는 헛기침만 내뱉는데. 으. 다시 생각해도 민망해 죽겠어. 민망한 상황에서 내 머릿속에 떠오른 사람은 딱 한 명뿐이더라. 말을 할까 말까 고민하다 쿨하게 말해 줬어.

"아줌마한테 고맙다고 전해 주세요."

언니. 사람들 속마음을 다 열어 볼 수 있으면 얼마나 좋을까. 유리잔에 있는 물처럼 그렇게 훤히 보이면. 그러면 아빠랑 나도 조금은 가까워지지 않을까? 다른 사람을 오해하지도 않고, 의심하지도 않고, 나를 미워하면 어쩌지 겁먹지도 않을 텐데.

어떻게 하면 다른 사람의 마음을 알 수 있는 거야? 언닌 알고 있어?

답장 기다릴게.

2016년 11월 1일

은유가

P.S. 아 참. 언니 지난번부터 말하려고 했는데 언니가 보낸 편지가 조금 흐릿해. 꼭 잉크가 다 떨어진 펜으로 쓴 것처럼. 펜을 바꿔 보는 건 어때?

38

미래의 동생에게

두구두구두구!

드디어 2000년이 밝았습니다. 새 천년이 시작되는 역사적인 순간입니다.

진짜 신기하다. 2000년이 오긴 오는구나. 이제 네가 살고 있는 세계랑 엄청 가까워졌어. 우리가 만날 날도 얼마 남지 않은 거지.

새 천년이라고 뭐 특별한 건 없었어. 내 나이가 벌써 스물여덟이라는 것과, 내 친구들이 대부분 결혼을 했거나 할 예정이라는 것만 빼면 똑같더라고.

기억하고 있는지 모르겠지만 어렸을 때 내가 1999년에 지구 멸망을 믿었잖니. 그래서 그런가 새로 태어난 기분이 들어.

네 편지 읽는데 내가 다 뿌듯하더라. 동생아, 진짜 잘한 거야. 그것 봐. 너희 아빠 나쁜 사람 아니라고 그랬지? 아빠한테 마음 연 거 진짜 잘한 거야.

착하다, 내 동생.

무엇보다 현철이가 너에게 엄마에 대해 말해 줄 생각을 하고 있었다니, 다행이야. 모르긴 해도 너는 완전히 달라진 세상에서 축복받으며 태어났을 거야. 너희 엄마가 어떤 사람이든, 너희 아빠와 어떤 일이 있었든 너는 그냥 받아들이면 돼.

생각을 많이 하면 엉켜 버리거든. 그냥 간단하게 생각해. 복잡할수록 단순한 게 최고라니까.

그나저나 현철이가 다정 씨랑 결혼을 한단 말이지? 정말 미래 일이라는 건 한 치 앞도 모르는 건가 보다.

어쨌든 다정 씨가 너한테 나쁘게 굴면 나한테 얘기해. 지금이라도 다정 씨를 찾아가서 멱살을 잡아 흔들어 줄 테니까.

이제 내 얘기를 해 줄게.

1999년에서 2000년이 시작되는 역사적인 그날. 나는 혼자 텔레비전을 보며 오징어를 씹고 있었어. 당연히 맥주도 한잔했지. 엄마 아빠는 계모임에서 해돋이를 보러 가고 없었어.

아마 앞으로 혼자 있게 될 일이 더 많을 것 같아. 언니가 독일 남자랑 결혼해서 독일로 갔거든. 독일 말도 못하면서 어떻게 형부를 만난 거지? 그런 거 보면 말이 잘 통해서 사귄다는 건 죄다 뻥이야. 말 안 통해도 사랑에 빠질 사람들은 다 빠진다니까.

조만간 엄마 아빠도 독일에 갈 생각인 것 같아. 언니가 아기를 낳았는데 엄마에게 도움을 청한 상태거든. 조카가 조금 클 때까지만 도와 달라는 거지. 엄마만 독일로 보낼 수야 있나. 이참에 아빠까지 같이 갈 계획인 것 같아.

아직 홀로 남겨진 것도 아닌데 약속도 없이 달랑 혼자 방구석에 있자니 좀 속상하기도 하더라고. 왜 나는 무슨 날마다 혼자 있는 건지. 지난달에 선봤던 남자는 내가 어디가 싫어서 찬 건지.

글쎄 좀생이 같은 남자가 내가 미래 얘길 너무 해서 싫대. 나더러 비정상이래. 참 나. 내가 미래 얘길 하면 얼마나 한다고. 그리고 사람이 미래를 보면서 살아야지. 미래 지향적이고 얼마나 좋아.

우울의 진흙탕에서 외로움에 몸부림치는 날, 너희 아빠가 구조해 줬어. 그러고 보니까 현철이는 꼭 필요할 때마다 내 옆에 있어 주네.

"내가 이럴 줄 알았다. 이 좋은 날 너 혼자 궁상떨고 있을 것 같더라."

"그러는 너는 이 좋은 날 다정 씨는 어쩌고 날 만나?"

현철이는 그저 어깨를 으쓱하더니 소주 한 잔을 원 샷 하는 거야. 느낌이 오더라고.

"너 설마 싸웠어?"

"싸우긴 뭘 싸워."

"싸웠구만 뭐. 여자친구하고 싸웠다고 졸래졸래 친구나 찾아오고. 으이구. 잘한다 잘해. 나중에 네 딸이 왜 그렇게 널 답답하게 여기는 건지 알 것 같다."

"또 이상한 얘기. 너 한 번씩 보면 진짜 미친 애 같아. 예전부터 그랬어. 아직 후보도 안 나왔는데 미국 대통령이 누가 된다느니, 미래에는 느리게 가는 우체통이 있다느니. 솔직히 말해 봐. 너 살짝 맛 갔지?"

너희 아빠가 그런다니까. 종로에서 뺨 맞고 한강에서 눈 흘긴다더니, 괜히 나한테 분풀이하는 거야. 그래서 화끈하게 뒷목치기 기술을 보여 줬지.

우리는 포장마차에서 진탕 술을 마시고 광장에 나가 사람들 틈에 끼어서 마지막 1999년을 즐겼어. 이왕 이렇게 된 김에 집에 들어가지 말고 새 천년의 해를 지켜보기로 했지.

2000년의 태양은 얼마나 특별한지 궁금하기도 했고, 너무 즐거워서 집에 들어가고 싶지 않았거든.

제야의 종소리를 듣고 백 원짜리 막대폭죽을 사서 흔들었어. 종이에 소원을 적어 벽에 거는 행사가 있었는데 진심으로 너랑, 현철이가 행복하길 빌었어. 종이 끄트머리에 아주 작게 나도 결혼을 하게 해 달라고 쓰긴 했지만.

너희 아빤 무슨 소원을 빌었는지 모르겠다. 물어보니까 이상한 대답을 해 주더라고.

"내 소원이 이루어지느냐 마느냐는 너한테 달렸어."

나한테 너희 아빠의 소원이 달렸다는 거 보니, 안 봐도 뻔해. 내가 다정 씨와 현철이 사이에 끼어들지 않는 것, 뭐 그런 거겠지.

그날은 정말 행복했어. 전 세계가 온통 축제 분위기로 가득 차 있었거든. 너희 아빠도 기분이 되게 좋아 보였어.

"1년 내내 이렇게 소주나 먹으면서 살았으면 좋겠다. 또 일하러 갈 생각 하니까 지긋지긋하네."

"어이, 아저씨 걱정은 그만두고 오늘은 신나게 즐기자고요."

딱 적당하게 술기운이 올라오고, 사람들의 웃음소리가 사방에서 들리고, 이렇게 해가 뜰 때까지 즐기고 싶었어. 아니. 사실은 그 순간이 영원하면 좋겠다고 생각했어.

분명 너희 아빠도 나랑 같은 마음이었을 거야.

"야. 조은유."

"왜?"

"너하고 이러고 있으니까 좋다."

진짜야. 진심으로 그 순간이 너무 행복하고 즐거웠어. 솔직히 말하면 그때 너희 아빠 꽤 멋졌어. 현철이 나쁘지 않아. 아니 훌륭하지. 넌 현철이를 아빠로 둔 걸 행운으로 여겨도 돼.

진짜로. 이 언니 말 믿어. 현철이는 정말 괜찮은 사람이니까.

와. 이제 2년만 지나면 월드컵이다.

신나. 그리고 내 인생이 역전되는 날이지! 네가 태어나는 해이기도 하고. 야호!

아 참. 네 말 듣고 펜을 바꿔 봤는데 어때? 좀 진하게 보여? 이상하다. 분명 선명하게 잘 써서 보냈는데 왜 흐릿해졌을까.

2000년 1월 2일

새 천년을 맞이하며 언니가

39

언니에게

언니! 21세기에 온 걸 축하해.

이제 2년만 지나면 언니랑 내가 사는 세계가 같아지는 거야? 언니가 사는 세계는 내가 사는 곳보다 훨씬 시간이 빠르게 움직이니까 어쩌면 내 편지가 도착했을 즈음이면, 언니가 나를 만나고 있을지도 모르겠네.

난 이제 막 태어나서 꼬물꼬물 움직이고 언니는 그런 나를 보며 신기해하는 거지.

진짜 신기해. 사람의 인연은 어떻게 이어져 있는 걸까?

우린 분명 모르는 사이였는데, 언니가 우리 아빠를 찾다 보니까 어느새 언니랑 아빠는 절친이 되어 있잖아.

그렇게 내 세계에 언니가 완벽하게 들어온 거지.

요즘 언니를 찾으려고 매일 SNS를 뒤지는 중이야. 인터넷이 겁나 발달한 지금도 찾기 어려운데, 언니는 이름이랑 사진만 가지고 어떻게 아빨 찾은 거야? 진짜 대단해.

아 참. 대박 소식.

아빠한테서 편지가 왔어.

기억나? 언니랑 나랑 처음으로 편지를 주고받게 됐던 '느리게 가는 우체통' 말이야. 그때 아빠는 나한테 보내는 편지를 썼나 봐.

얼마나 하고 싶은 말이 많았는지 편지 봉투가 두툼해. 이 안에 엄마의 이야기가 한가득 들어 있다고 생각하니까 기분이 이상한 거 있지. 편지만 뜯으면 엄마의 비밀들이 다 풀리겠지만 아직 안 뜯어 볼래. 언니한테 편지를 쓰고 조금 더 마음을 정리한 다음에 열어 보려고.

내가 요즘 아빠랑 사이가 꽤 좋다는 말을 했던가?

아빠랑 놀이동산도 가고 쇼핑도 하고 영화도 봤어. 처음에는 너무 어색해서 죽는 줄 알았어. 우리 아빠가 아니라 꼭 다른 사람이랑 있는 것 같았거든.

근데 그런 것도 몇 번 하다 보니 이제 조금 익숙해졌어. 아빠가 나 어렸을 때 이야기도 해 주고. 먼저 물어보지 않았는데 엄마 얘기까지 해 주더라.

참 예쁜 사람이었대.

너무 좋았어. 아빠가 엄마 이야기를 해 줘서. 어떤 말이 더 나올까 기다렸는데 더는 나오지 않았어. 그냥, 미안하다고 했어.

일찍 말해 주지 못해서 미안하고,

전부 다 미안하다고.

언니.

아빠가 미안하다고 사과를 했는데, 왜 나는 이렇게 슬픈 걸까. 왜 이렇게 가슴이 아픈 걸까. 아빠가 너무 미웠는데 막상 아빠가 속상해하는 모습을 보니 마음이 너무 아팠어.

언니 말대로 아빠랑 잘 지내보려고. 독립하려는 계획도 솔직하게 다 말할 거야. 아빠가 반대하면, 독립을 미뤄 봐야지. 물론 반대하는 이유가 날 설득시킬 수 있어야 하겠지만.

오늘 아빠가 오면 언니에 대해서도 물어보려고. 어쩐지 언니랑 내가 금방이라도 만날 수 있을 것만 같은 기분이 들어.

그 여자랑 잘 지내는 건 조금 더 생각해 봐야 될 것 같아. 그 여자는 여전히 내가 꿈꾸던 엄마와는 거리가 멀거든. 곧 결혼할 거면서 어쩜 그렇게 천방지축인지 모르겠어.

심지어 요리랑 담을 쌓고 지내는 우리 아빠보다 요리를 더 못한다니까. 라면도 못 끓여. 우리 집에 다짜고짜 찾아와서 배고프다고 졸라 대는 바람에 내가 라면까지 끓여 줘야 했다니까.

그 나이에 라면도 안 끓여 봤냐고 물었더니, 뻔뻔하게 이렇게 말하는 거 있지.

"어릴 땐 경찰 되려고 공부했고, 경찰 되고 나서는 방황하는 청소년들이랑 씨름하느라 바빠서 라면 끓여 먹을 시간도 없었어."

"방황하는 청소년이 있으면 얼마나 있다고요? 핑계를 대려면 좀 그럴 만한 걸 대야지."

"너는 근본적으로 사람을 못 믿는구나?"

세상에, 언니. 그 여자가 진짜 이렇게 말했다니까. 나더러 '근본적으로' 사람을 못 믿는대. 그걸 듣고 내가 가만히 있었겠어? 당연히 아니지.

"라면 끓일 시간도 없었다는 사람이 우리 아빠는 어떻게 만났는데요? 앞뒤가 안 맞잖아요."

"처음 만났을 땐 그냥 친구였고, 시간이 한참 흘러서 다시 만난 건 일 때문이었지. 나한테는 연애가 아니라 일이었다고, 일."

그 여자가 아빠랑 만난 이야기를 해 줬어. 언제는 사생활이라서 밝힐 수 없다더니. 솔직히 별로 궁금하지도 않았는데, 듣다 보니 조금 뭉클하긴 하더라.

아빠와 그 여자는 대학 시절 만난 친구였대. 그래서 우리 엄마도 알고 있는 거고. 어째서 언니가 그 여자를 우리 엄마로 착각했는지 모르지만, 그 여자 말로는 절대 사귀는 사이거나 그런 건 아니었대.

내가 아빠 편지를 다 읽고 나서도 엄마에 대해 궁금한 게 있으면 그때 엄마 이야기도 해 주겠다고 약속했어. 그런 걸 보면 아주 나쁜 사람은 아닌 것 같긴 해.

아빠랑 그 여자가 다시 만나게 된 건 청소년 상담에서였대. 보통은 청소년들이 상담을 요청하는데, 특이하게도 학부모가 상담을 받을 수 있냐고 물었다는 거야.

딸이 하나 있는데, 사는 일이 바빠서 잘 챙겨 주지 못했다고. 다가서고 싶은데 방법을 모르겠다고.

그 여자랑 아빠는 주기적으로 전화 상담을 했어. 그러다 하루는 아빠가 경찰서를 찾아왔더래. 직접 만나고 나서야 오래전 알고 지내던 친구라는 걸 알게 된 거고. 처음에 그 여자가 우리 집에 와서 심하게 쿨한 행동을 보였던 것도 아빠를 남자가 아니라, 친구로 봤기 때문이라는 거야.

그 여자랑 아빠는 만나서 늘 내 이야기를 했대. 이번에는 은유가 이런 행동을 했어, 저런 행동을 했어, 그럴 땐 어떻게 해야 할지 모르겠어. 아빠 고민은 늘 나였대.

그러다가 하루는 아줌마에게 엄마 이야기를 꺼내더래. 나한테 엄마 이야기를 해 줘야 하는데 어디서부터 어떻게 시작해야 할지 모르겠다고. 하루 이틀 미루다 보니, 어느새 나랑 아빠가 너무 멀리 떨어져 있었다고.

느리게 가는 우체통은 그 여자가 낸 아이디어래. 편지에 모든 걸 써 놓고, 그동안 나랑 다시 가까워질 수 있도록 노력하라고.

그래서 그 여자 입에서 편지 이야기가 나온 거였어. 이 얘길 하면서 엄청 멋진 아이디어 아니냐고 자화자찬하더라니까. 난 그것도 모르고 그 여자가 언니랑 내 편지를 엿봤다고 오해했던 거고.

"그럼 그때 그 이야기는 뭐예요? 결국 아줌마를 좋아하게 될 거라고 했잖아요."

"아, 그거."

그 여자가 하도 자신만만하게 얘기를 하기에 난 내가 알지 못하는 뭔가가 더 있는 줄 알았어. 근데 그 여자가 뭐라고 한 줄 알아?

"집 나와서 개고생하는 애들 처음엔 다 무슨 들개처럼 으르렁거리지. 하지만 내 매력에 한번 빠지고 나면 못 헤어나더라고. 결국 다 나를 좋아하게 되어 있거든. 너도 벌써 나 좋아하고 있잖아."

참 나. 이건 또 무슨 근자감이래. 하여간 진짜 이상한 여자야. 한참 그 여자 이야기를 듣는데, 문득 아빠가 했던 말이 생각났어.

아빠는 아빠가 처음이라서, 내 또래의 여자애들이 어떤 생각을 하는지 늘 궁금했다는 말.

그땐 아빠가 아빠를 처음 하는 것처럼 나도 딸은 처음이라고 원망했는데, 그 여자 말을 듣고 보니까 조금 미안해졌어. 아빠는 노력하고 있었구나. 바보같이 나만 그걸 모르고 있었구나…….

있잖아, 언니.

아빠랑 내가 일직선 위에 서 있는 기분이었어. 양 끝에서 서로를 향해 달려오고 있는데, 내가 달리기를 멈춰 버린 거야. 그러곤 투덜거리는 거지.

아빠는 왜 더 빨리 달려오지 않는 거야. 왜 이렇게 멀리 있는 거야.

나는 투덜대기만 하고 달리기를 멈춰 버렸어. 아빠는 내가 달리지 않은 만큼 더 많이 달려야 했어. 길이 그렇게 멀어졌는데도 한 번도 투덜대지 않고 나만 보면서 묵묵히.

언니 말이 맞아.

우리 아빤 생각보다 더 좋은 사람이야. 내가 아빠 딸이라는 걸 행운으로 여겨도 될 만큼.

다행이야. 언니가 그걸 알려 줘서.

늘 고마워.

언니. 요즘은 어쩐지 자꾸만 이상한 생각이 들어. 언니 편지가 조금씩 더 늦게 도착할 때마다, 언니가 보낸 편지가 조금씩 흐릿해질 때마다 자꾸만 불안해져.

이번에 온 편지는 지우개로 박박 지워 놓은 것처럼 흐릿했어. 편지를 읽으려면 한참을 들여다봐야 할 정도로.

언니가 사는 세계와 내가 사는 세계는 점점 더 가까워지고 있는데 어째서 편지는 점점 더 희미해지는 걸까.

언니 아직 거기 있는 거지?

2017년 1월 4일

언니가 정말 고마운 은유가

40

딸에게

은유야.

아빠다. 많이 놀랐니?

그러고 보니 아빠는 한 번도 너한테 편지를 써 본 적이 없구나. 넌 꼬맹이 때부터 나한테 편지를 써 주곤 했는데.

네 첫 편지가 기억난다. 네가 제일 좋아하는 노란색 색종이에 삐뚤삐뚤한 글씨로 쓴 '사랑해요'라는 말이 얼마나 오랫동안 아빠의 가슴에 새겨져 있었는지 모른다. 그 조그만 손으로 쓴 편지에도 답장을 해 주질 못할 만큼, 아빠는 너한테 모질고 모자란 아비였나 보다.

그땐 뭐가 그리 겁이 났는지 너만 바라보면 두려웠다. 아빠가 딸을 두려워했으니, 네 마음이 어땠을지 짐작이 간다. 그걸 알면서도 모른 척해서 미안하구나.

어린 네가 엄마를 그리워한다는 걸 알면서 못난 아빠는 차마 말을 꺼내지 못했다. 그건 네가 미워서도 아니었고, 너에게서 엄마를 빼앗기 위해서도 아니었다.

아빠는 할 수만 있다면 최대한 이 시간을 미루고 싶었다. 말해야지, 이번에는 말해 줘야지. 수백 번도 더 망설였지만 끝내 엄마를 닮은 너를 보면 또다시 용기를 잃고 말았단다.

어디서부터 어떻게 시작해야 할까. 그동안 이 순간을 떠올리며 몇 번이나 생각하고 되뇌었는데 막상 이 시간이 되니 머릿속이 새하얗게 변해 버린 기분이다.

네 엄마와 나는 친구였다. 우리는 조금 특별하게 만나 친구가 되었지. 그래. 너희 엄마는 특별한 사람이었다. 네가 특별한 아이인 것처럼.

엄마와 함께 있으면 늘 즐거웠다. 곁에 있는 사람을 행복하게 만들어 주는 여자였으니까.

너무도 좋은 사람이었기에, 아빠보다 훨씬 좋은 사람을 만나야 한다고 생각하던 시절도 있었다.

나중에서야 네 엄마를 다른 사람에게 보낼 수 없다는 생각이 들더구나. 지금도 그날이 생생하게 떠오른다. 새 천년이 시작되던 날 아빠는 소원지에 네 엄마와 결혼을 꿈꾼다는 소원을 몰래 써 넣기도 했다. 그땐 내가 너희 엄마에게 어울리는 사람인지 확신이 서지 않았지만 세상에서 가장 행복하게 만들어 줄 자신은 있었다.

아니다. 어쩌면 내가 욕심을 부린 건지도 모르겠다. 너희 엄마와 함께 있으면 내가 세상에서 가장 행복한 사람처럼 느껴졌으니까. 그래. 결국 지켜 주지 못한 걸 보면 그게 욕심이었던 모양이다.

네가 처음 우리에게 오던 그날이 생각나는구나.

엄마 배 속에 네가 있다는 걸 처음 알던 날, 네 엄마는 내 손을 맞잡고 세상에서 제일 행복한 표정으로 말했다. 멋진 아빠가 된 걸 축하한다고.

엄마는 아기 용품을 고르고, 딸이 태어나면 좋아할 만한 것들을 잔뜩 준비했단다. 배 속의 아기가 혹시 아들이면 어떡하냐고 말려 봤지만, 엄마는 고개를 저었다. 네 엄마는 예쁜 딸이 태어날 거라고 믿고 있었다. 신기하게도.

엄마는 배 속에 네가 있는 게, 조금씩 배가 불러 오는 게 더없이 행복하다고 했다. 우리는 파티를 하고 춤을 추며 온 동네가 떠나가라 웃었다. 매일매일이 더없이 행복한 날이었다.

네 이름을 지은 것도 네 엄마였다.

은유.

네 엄마 이름과 똑같은 이름이었다. 네 엄마는 그렇게 하면 네가 어디에 있든, 언제나 널 찾을 수 있을 거라고 했다.

엄마와 나는 우리 가족이 거실에 모여 티브이를 보거나 과일을 먹는 날을 그렸다. 네가 걸음마를 하는 날을 상상했고 한글을 떼는 날을 상상했고, 사춘기 소녀가 되어 토라지는 걸 상상했다.

엄마와 아빠의 기쁨이었던 네가, 사랑하는 사람을 데려오는 날을 상상했고 드레스를 입고 식장에 들어가는 날을 상상했다.

은유야. 아빠는 그 많은 날 중에 단 하루도 네 엄마가 없는 날을 그려 보지 못했다. 그래서였을까. 혼자 남겨진 시간이 견디기 힘들 만큼 고통스럽더구나.

엄마가 암에 걸렸다는 사실을 아빠는 오랫동안 알지 못했다. 조금씩 살이 빠져 말라 가는 네 엄마를 보면서도, 그저 입덧 때문에 그런 줄만 알았다. 아빠는 참 못난 사람이었다. 사랑하는 사람이 죽어 가는 것조차 눈치채지 못했으니 너에게 말할 자격도 없는 죄인이다.

너희 엄마가 내게 그 사실을 알리지 않았다는 걸 알게 됐을 때 나는 세상에서 가장 못난 사람이 된 기분이었다. 내가 얼마나 못나고 못 미더웠으면 그 고통 속에서도 말하지 않았을까.

나중에서야 암 치료를 시작하면 아기를 포기해야 한다는 사실을 알게 되었다. 엄마는 너를 포기할 수 없었기에 고통을 견디고 있었던 거였다.

처음에는 그런 네 엄마가 원망스럽더구나. 왜 이렇게 나를 못난 사람으로 만들까. 왜 사랑하는 사람도 지키지 못하는 사람으로 만들까. 왜 고통을 함께 나눌 수 있는 기회조차 주지 않았을까.

그렇게 원망을 하다 보니 나중에는 내 탓을 하게 되더구나. 그렇게 말라 가는 네 엄마를, 밥조차 제대로 먹지 못하는 네 엄마를 보고서도 눈치채지 못한 내 자신이 부끄럽기만 했다.

수술을 하기 위해서는 항암 치료를 받아야 한다는 의사의 말을, 치료를 위해 너와 네 엄마 중 한 명을 선택해야 한다는 그 잔인한 말을 나는 지금도 잊을 수가 없다. 차라리 내 팔다리를 잘라 냈으면, 차라리 나를 데려갔으면 울부짖고 기도하던 날의 연속이었다.

나는 네 엄마를 설득해야 했다.

몸이 다 나으면, 다시 아기를 낳을 수 있을 거라고. 하지만 네 엄마는 암 덩어리가 목숨을 갉아먹고 있던 그 순간에도 한 번도 망설이지 않았다.

엄마의 마지막은 네가 태어나는 날이었다. 못난 아빠는 네 탄생을 축하해 주지 못했다. 네 엄마 대신 네가 태어났다는 모진 생각까지 했었다. 네 생일이면 어김없이 네 엄마가 떠올랐다. 때문에 아빠는 네 생일 한번 제대로 챙겨 주지 못했다. 참 후회되는 일이다.

어린 네가 걸음을 걸으며 내게 다가올 때, 그 작은 손으로 내 손을 잡고 눈을 맞출 때, 아빠는 비로소 엄마의 선택이 옳았을지도 모르겠다고 생각했다. 너는 그만큼 반짝이고 예쁜 아이였으니까.

네가 처음 내게 아빠라고 부르던 날, 첫걸음마를 떼던 날, 자전

거를 배우던 날, 초등학교에 입학하던 날. 모두 내겐 기쁨이면서 동시에 슬픔이었다. 네 엄마가 있었으면 참 좋아했을 텐데. 널 더 특별하게 만들어 줬을 텐데. 그런 생각이 들 때면 아빠는 온전히 기뻐할 수 없었다. 너의 모습에 홀로 행복을 느끼는 것조차 네 엄마에게 미안해서.

네가 걸음마를 막 시작했을 때쯤이다. 어린 너를 태우고 가던 길에 교통사고가 있었다. 사고는 네 예쁜 이마에 흉터로 남았고, 아빠의 마음속에는 두려움으로 남았다. 그땐 모든 게 나 때문이라는 생각이 들더구나. 어쩌면 너조차 지키지 못할지도 모른다는 두려움이 나를 가득 메웠다.

네 엄마를 잊지 못한 만큼, 그 죄책감만큼 네가 두려웠다. 엄마를 지키지 못했다는 죄책감이 너와의 사이를 멀어지게 만들었다.

은유야.

아빠는 한 번도 네 이름을 마음껏 불러 보지 못했다. 네 이름을 부르면 어김없이 네 엄마가 떠올랐다. 나는 네가 크는 게 두려웠다. 네가 엄마에 대해 묻는 게 두려웠고, 매일매일 네 엄마와 닮아 가는 널 보는 게 두려웠다.

내가 느꼈던 두려움을, 그 고통을 너까지 받게 될까, 혹시라도 네가 죄책감을 가질까 두려웠다. 그럴수록 아빠는 입을 다물고 너에게 비밀을 만들었다. 고통보다 차라리 모르는 게 나을 거라고 생각했던 탓이다.

하지만 은유야, 아빠는 항상 너만 보고 있었단다. 네가 속상한 얼굴을 하고 있는 걸 보면 하루 종일 일을 할 수 없었다. 당장이라도 달려가 안아 주고 싶었지만 그러지 못했다. 내가 네 손이라도 잡으면 네 엄마가 그랬던 것처럼 사라질 것만 같았다.

나는 네가 조금 더 자라길 기다렸다. 아빠의 아픔을 이해하고 엄마의 선택을 존중해 줄 때까지 조금만 더 기다리자, 조금만.

그렇게 15년이 흘렀구나.

내 어리석은 생각이 너를 힘들게 한다는 사실을 깨달았을 때 너는 이미 내 손을 떠난 채 홀로 자라고 있었다. 너와 나는 네가 자란 시간만큼 멀리 떨어져 있더구나. 아빠는 너에게 어떻게 다가가야 하는지조차 알지 못했다.

못난 아빠는 너에게서 엄마를 빼앗고, 엄마의 가족들을 빼앗고도 널 무심히 내버려 뒀구나. 독일에 계신 외할머니, 외할아버지가 널 많이 보고 싶어 하신단다. 그동안 네 소식을 물으며 자주 편지를 보내곤 하셨다. 너만 괜찮다면 언제든 널 보러 오신다고 하셨으니 준비가 되면 얘기해 주렴. 엄마처럼 너를 아끼고 사랑해 줄 분들이다.

가여운 내 딸아. 네가 이 사실을 알면 어린 네 마음이 얼마나 무너져 내릴지 잘 알았기에 아빠는 말해 줄 수 없었다.

아니다. 어쩌면 아빠는 네 엄마의 물건을 기억과 함께 꽁꽁 숨긴 채 핑계를 댄 걸지도 모르겠다.

네 엄마 물건을 15년 만에 다시 꺼내 봤단다. 그땐 네 엄마를 보낼 준비가 되지 않아 유품조차 제대로 챙기지 못했더구나. 엄마의 다이어리 속에 미처 발견하지 못한 편지가 있었다. '은유에게'라고 적힌 걸 보니 아마도 네게 보낸 듯하다. 엄마는 마지막 순간이 다가올 때까지 끝까지 널 놓지 않았으니까.

은유야.

아빠는 늘 네 곁을 맴돌기만 했구나. 그게 내가 할 수 있는 최선이라고 바보 같은 생각을 했었다. 너에게 좋은 아빠가 되지 못해서 늘 미안하다. 겁쟁이처럼 늘 숨기기만 해서 미안하다.

너무 늦은 사과라는 걸 알지만, 이 편지가 네 마음의 문을 여는 노크가 되었으면 한다.

2016년 1월 2일

느리게 가는 우체통에서 아빠가

41

보내지 못한 편지

은유에게

안녕. 은유야. 잘 지내고 있는 거지?

언젠가부터 네 편지가 오지 않아, 하염없이 기다리기만 했어. 기다리고 기다리다 보니 벌써 이렇게 시간이 흘러 버렸네. 요즘은 네가 보냈던 편지들을 다시 꺼내 읽고 있어. 언젠가 갑작스럽게 편지가 왔듯이 어느 날 갑자기 편지가 끊어져 버릴 수도 있다는 걸 왜 몰랐을까. 이럴 줄 알았으면 더 자주, 더 많이 편지 쓰는 거였는데.

무슨 일 있는 건 아니지? 어디 아픈 데는 없고? 여전히 잘 지내고 있는 거지? 괜찮은 거지?

질문이 너무 많았나. 그래도 네가 이해해 줘. 궁금한 게 수천 개는 더 되는데 간신히 참고 이 정도만 물은 거니까.

하고 싶은 말이 너무 많은데, 아마 이번 편지가 마지막일 것 같아. 나한테 사정이 조금 생겼거든.

마지막으로 왔던 네 편지가 생각나. 너는 설렘 반 걱정 반으로 네 아빠의 편지를 읽을 준비를 하고 있었지.

걱정이다. 현철이가 그리 글솜씨가 좋은 사람이 아니라서, 너한테 어떻게 설명했을지 잘 모르겠어. 뭐라고 쓰여 있었든 한 가지 확실한 건 넌 세상에서 가장 특별한 아이라는 거야.

처음 너한테서 편지가 왔던 날이 떠올라. 참 이상한 일이지. 지금 생각해도 어떻게 우리에게 그런 일이 일어날 수 있었는지 믿을 수가 없어. 그렇게 믿을 수 없는 일이 계속해서 이어졌는데 어째서 한 번도 눈치채지 못한 걸까.

어쩌면 우린 너무 많은 기적을 당연하게 생각하면서 사는지도 모르겠어.

엄마가 딸을 만나고, 가족이 함께 밥을 먹고, 울고 웃는 평범한 일상이 분명 누군가한테는 기적 같은 일일 거야. 그저 우리가 눈치채지 못하고 있을 뿐이지.

나 역시 마찬가지야. 현철이에 대한 내 마음을 알아채던 순간에도, 나에게 너라는 생명이 찾아왔던 순간에도 나는 행복에 취한 채 내게 어떤 기적이 찾아왔는지 알지 못했으니까.

은유야. 내가 조금 아프대.

이렇게 되고 나니까 후회되는 일이 많아. 왜 널 알아보지 못했을까. 조금만 더 빨리 알아챘으면 좋았을 텐데.

처음엔 왜 나한테 이런 일이 벌어지게 된 건지 답답하더라. 내가 뭘 그렇게 잘못했다고 이러는 걸까. 내가 마음을 밉게 먹어서였을까. 네 말 듣지 않고 술을 많이 먹어서였을까. 세상에 나쁜 사람들 전부 잘 먹고 잘 사는 것 같은데 왜 나한테만, 왜 하필 나한테만 이런 일이 벌어질까…….

누굴 원망해야 하는지도 모른 채 나는 원망과 후회로 가득 찬 날들을 보내야 했어. 한참을 그렇게 보내고 나니, 네 생각이 나더라.

우리 은유.

먼 미래에서 날 기다리고 있을 내 딸.

네 생각을 하니 내 슬픔이 너에게 갈까 봐 슬퍼할 수 없었어. 네가 몸을 움직일 때마다 내 배 속에 너라는 생명이 있다는 걸 하루에도 몇 번씩 느낄 수 있었으니까.

그러고 나니까 그제야 알겠더라. 뒤엉켜 있던 퍼즐들이 제자리를 찾아가고 있다는 걸.

그 먼 시간을 건너 네 편지가 나한테 도착한 이유를.

너와 내가 사는 세계의 시간들이, 그 모든 순간들이 모여, 있는 힘껏 너와 나를 이어 주고 있었다는 걸.

참 신기하게도. 참 고맙게도.

만약에. 정말 만약에 혹시라도 내가 너를 보지 못하고 간다고 해도 너는 조금도 슬퍼하거나 아파할 필요 없어.

우리는 벌써 한 번의 기적을 만났고 그 기적이 우리를 평생 둘러싸고 있을 테니까.

나는 내 선택에 조금의 후회도 없어. 네가 미래에 얼마나 근사하게 자랄지, 얼마나 좋은 사람들 곁에서 멋진 꿈을 꾸고 있을지 다 알고 있으니까. 그걸 보지 못해 아쉽긴 하지만 그래도 네가 보내 준 이 편지들로 충분히 견딜 수 있을 것 같아.

은유야. 아빠 너무 미워하지 말아 줘. 아빠도 너무 아프고 힘들어서 그랬을 거야. 생각보다 마음이 여린 사람이잖아. 아빠만큼 널 사랑하는 사람도 없어. 네가 처음 우리 곁으로 오던 날, 세상을 다 가진 것처럼 좋아하던 사람이니까. 혼자 힘들어하지 말고 아빠한테 기대 줬으면 좋겠다. 아빠는 무슨 일이 있어도 널 지켜 줄 거야.

혹시 이 편지 받게 되면, 아빠한테 내가 미안해하고 있다고 전해 줄래? 혼자 두고 가서 너무 미안하다고. 곁에서 늘 소주 한잔 기울이는 친구가 되어 주고 싶었는데 그러지 못해서 미안하다고.

내 딸이자, 친구이자, 미래의 꿈이었던 은유야.

나는 내 마지막 순간에도 조금만 더 살게 해 달라는 기도 대신, 이렇게 너를 알게 해 준 신의 배려에 감사하다고 기도할 거야.

이렇게 배 속에라도 널 품고 있게 해 줘서 감사하다고. 당신의 배려 덕분에 내 딸을 만날 수 있었다고. 내 딸이 예쁜 꿈을 키우면서 살아가고 있다는 걸 알게 해 줘서 감사하다고.

비록 엄마와 딸로 만나진 못했지만 대신 우리는 그보다 더 많은 관계로 만날 수 있었으니까 이걸로 충분히 감사하고 또 감사하다고.

그렇게 기도하고 조금 시간이 남으면, 나한테 약간의 시간이 허락된다면⋯⋯ 그땐 네 얼굴 한 번만 볼 수 있는 시간을 달라고 할게.

딱 한 번만 볼 수 있으면 그걸로 만족하겠다고.

그리고 나는

나는 네 곁으로 갈게.

네가 뭔가를 잘 해내면 바람이 돼서 네 머리를 쓰다듬고, 네가 속상한 날에는 눈물이 돼서 얼굴을 어루만져 줄게.

네가 초등학교에 입학하는 날에도, 시험을 잘 친 날에도, 친구랑 다툰 날에도. 슬프거나 기쁘거나 늘 네 곁에 있어 줄게.

엄마는 늘 네 곁에 있을 거야. 아주 예전부터 그랬던 것처럼.

이 편지가 그랬던 것처럼

세계를 건너 너에게 갈게.

2002년 11월 16일

아주 따뜻한 곳에서 엄마가

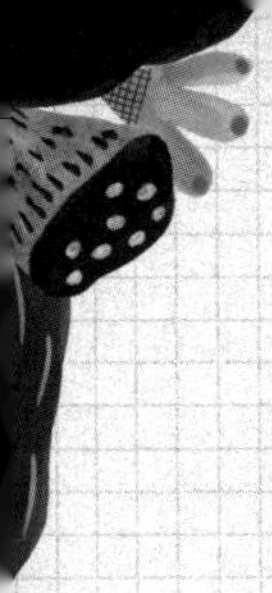

작가의 편지

모두에게

다들 잘 지내고 있지요? 여긴 갑작스럽게 날씨가 추워졌어요. 처음 이 이야기를 쓰기 시작했을 땐 따뜻한 봄이었는데 벌써 시간이 이렇게 흘렀네요. 시간은 질투가 심해, 좋아하는 일을 하면 금방 흘러가 버린다더니 정말인가 봅니다.

처음엔 가족 이야기가 쓰고 싶었어요. 대체 가족이라는 건 뭐기에 이토록 밉다가도 걱정되는 걸까요. 왜 본체만체 관심도 없다가도 괜히 마음을 울컥하게 만드는 걸까요. 은유가 오지 않았다면 아마 아직도 전 그 답을 찾고 있었을 거예요.

처음 은유가 오던 날이 생각납니다. 은유는 홀로 걸어와 투덜대며 제 옆을 스쳐 지나갔습니다. 그리고 그 뒤로 은유의 아빠가 터벅터벅 걸어왔지요. 다투기라도 했는지 둘은 한마디도 하지 않았어요. 일정한 거리를 둔 채 걷기만 했죠. 그 순간 저는 보고야 말았습니다. 그 둘이 서로 다른 곳을 보고 있다는 것을요. 은유는 알고 있었을까요. 자신이 먼 곳을 보는 동안 아빠는 말없이 자신의 뒷모습만 바라보고 있었다는 것을요.

그렇게 시작된 이야기가 결국 끝이 나고야 말았습니다. 이 글을 쓰는 동안 참 많은 사람들이 저를 도와주었습니다. 먼저 이 믿기지 않는 이야기를 들려주고, 글 쓰는 내내 투정을 부리지도, 화를 내지도 않아 준 두 은유에게 정말 고마웠다고 전하고 싶어요. 덕분에 저도 참 즐거운 시간을 보낼 수 있었어요.

이 글이 세상 밖으로 나올 수 있도록 마법의 우체통이 되어 주신 심사위원 선생님들과 문학동네 관계자 여러분께 큰절과 마음을 담은 하트를 보낼게요.♡ 마지막으로 우리 가족에게 언제나 내 삶의 기적이 되어 줘서 감사하다고 전하고 싶습니다.

끝까지 읽어 줘서 고마워요. 모두들 잘 지내야 해요.

2018년 1월 이꽃님 올림

세계를 건너 너에게 갈게

1판 1쇄 2018년 2월 9일 | 1판 41쇄 2024년 10월 18일
글쓴이 이꽃님 | 책임편집 원선화 | 편집 엄희정 이복희 | 디자인 이지인 이은하
마케팅 정민호 서지화 한민아 이민경 왕지경 정경주 김수인 김혜원 김하연 김예진
브랜딩 함유지 함근아 박민재 김희숙 이송이 박다솔 조다현 정승민 배진성
저작권 박지영 형소진 최은진 오서영 | 제작 강신은 김동욱 이순호 | 제작처 영신사
펴낸곳 (주)문학동네 | 펴낸이 김소영
출판등록 1993년 10월 22일 제2003-000045호
주소 10881 경기도 파주시 회동길 210
전자우편 kids@munhak.com | 홈페이지 www.munhak.com | 카페 cafe.naver.com/mhdn
북클럽 bookclubmunhak.com | 트위터 @kidsmunhak | 인스타그램 @kidsmunhak
대표전화 (031)955-8888 팩스 (031)955-8855
문의전화 (031)955-3576(마케팅) (02)3144-3238(편집)

ISBN 978-89-546-5021-2 03810

* 잘못된 책은 구입하신 서점에서 교환해 드립니다. 기타 교환 문의: (031)955-2661, 3580
* 이 책에 삽입된 가사는 한국음악저작권협회(KOMCA)의 승인을 받았습니다.